Apprenons discrètement les mots d'amour en français 

偷偷教你的愛情法語

政大歐文系教授 **阮若缺** 編著

Préface
前言

很多人都會說，法語是全世界最美麗的語言，好聽、輕柔、性感……。我一直不願意承認這個陳腔濫調，因為那不就只是世上的一種語言嘛！說話者的聲調、音頻、口氣、語速、律動才是悅耳與否的重要元素。

然而浸淫於法語數十寒暑，確實日漸感受到它的優美，文字的玄妙亦不在話下。那麼戀愛的時刻，該如何表達呢？既然要談情話，當然要說法語啦！酥儂軟語，誰能招架抵擋啊？快來學學吧，幾句也好。

不過月有陰晴圓缺，我們當然要面面俱到，有始有終。從愛苗如何萌發、愛情如何發展、好事如何成雙，到如何發生口角、如何造成背叛、如何表達歉意、如何終究和好……，這本書就是充滿酸甜苦辣愛情長河的小縮影。

本書的特點就是要引領讀者進入這座祕密的語文花園。首章為愛情 ABC，各位可淺嚐日常生活可能會發生的戀愛症候群，酸甜嗆辣、冷暖自知。接著再看看名人們怎麼掌握這迷人的主題：他們的魚雁往返、文學家的動人筆觸、電影對白的金句、歌曲之中的深情流露……。最後，我們反璞歸真，品品最絕、最醇的真情告白：祕密簡訊或晚安曲。其實這也是本不錯的床頭書，可供深夜靜思。

奇妙的是，從市井小民小酌到文人雅士大宴，法蘭西民族似乎被教育成懂得如何烹製人們內心最柔軟的那一塊，也因此，讀者可由私密的信箋、簡訊、歌曲和電影的對白，乃至從文學作品中細細品味其中三昧。

在此提供大家這些法語愛情食譜，讀者體會一下它的勁道和魅力，是否可以發現法語的厲害了呢？

Rachel Juan

阮若缺

於指南山麓

2022.05.20

Table des matières

目次

La Vie quotidienne

日常生活

I. La Drague
搭訕

1. Attention ! C'est un dragueur.
   小心！他是個獵豔高手。
2. Pierre ne pense qu'à la drague.
   皮耶滿腦子只想搭訕。
3. Il se croît sortir des cuisses de Jupiter.
   他自以為是大眾情人。
4. Vous avez l'heure ?
   請問幾點了？
5. Y a-t-il quelqu'un ? Je peux m'asseoir ?
   這兒有人嗎？我能坐嗎？
6. Vous avez un joli sourire.
   你／妳的微笑好甜美。
7. Vous avez bonne mine.
   你／妳氣色真好。
8. Vous êtes ravissante.
   妳容光煥發。

9. Tu as une coiffure magnifique.
你／妳的髮型真美。

10. C’est trop mignon, ta coiffure.
你／妳的髮型好可愛。

11. T’as une belle voix.
你／妳的聲音很好聽。

12. Quelle belle jambe !
好美的腿！

13. La robe rouge te va parfaitement.
紅洋裝太適合妳啦。

14. Je ne fréquente pas de coureur de jupon.
我才不和登徒子來往呢。

15. Les femmes ne sont jamais assez chouchoutées.
對女人的寵愛永遠不嫌多。

16. Ce n’est plus une drague, c’est quasiment un harcèlement sexuel.
這已經不是搭訕，簡直就是性騷擾嘛。

II. Le Flirt
調情

1. Il fait sans cesse, les yeux doux, aux minettes.
他對幼齒妹妹們頻送秋波。

2. Elle fait de l’oeil à un chérubin dans le bar.
她在酒吧對小鮮肉拋媚眼。

3. Tu peux toujours me conter fleurette, je ne sortirai pas avec toi.
你儘管甜言蜜語吧，我不會跟你出去的。

4. Florence aime bien minauder surtout aux hommes richissimes.
佛羅倫絲尤其喜歡和富翁撒嬌。

5. Jules se fait draguer par une soi-disant amie.
一位所謂的女性友人向朱爾調情。

6. Si tu m’aimes, tape 1 ; si tu me trouves sexy, tape 2 ; si tu penses à moi, tape 3 ; attention, tu n’as le droit qu’un seul choix !
如果你愛我，按一；如果你覺得我性感，按二；如果你想我，按三；注意，你只有一個選擇喔！

7. La musique est voluptueuse, enivrante, sublime !
這音樂好性感、迷人、高尚！

8 Dès que Paul aperçoit une jeune blonde, il lui sourit et fait le joli coeur.
保羅一看到年輕的金髮女郎，就會對她微笑並勾引她。

9 Il se rince l'oeil en regardant les jolies nanas se faire bronzer à la plage.
他看著漂亮妹妹們在沙灘上曬日光浴，眼睛吃冰淇淋。

III. La Rencontre
相遇

1. Paris c’est la ville de l’amour.
巴黎是愛情城市。（好多電影可證明：《巴黎我愛你》、《巴黎夜未眠》、《巴黎換換愛》……）

2. As-tu fait des rencontres récemment ?
你最近有豔遇嗎？

3. Ils se sont rencontrés dans une soirée dansante.
他們在舞會上認識的。

4. Malgré la différence d’âge, ils s’entendent parfaitement, ils sont sur la même longueur d’ondes.
雖然年齡差距大，他們相處十分融洽，可謂氣味相投。

5. Tu as tapé dans l’oeil de Marc ! Il te regarde sans tourner les yeux.
你煞到馬克了！他目不轉睛地盯著妳。
（但 taper sur les nerfs 則表示令人煩躁；ça tape ! 太陽好辣！）

6. C’est vrai, elle a du chien.
真的，她很有魅力。

7. Il a le béguin pour Chantal.
他對香達情有獨鍾。

❽ Il s’est emballé ! Il était aux anges quand elle lui a fait un petit bisou sur les joues.
他好激動！當她在他臉頰輕吻一下，他狂喜萬分。

❾ Tiens ! Tu as le ticket (le billet) avec Michèle, elle rougit dès que tu la regardes.
喏！你已贏得米雪的芳心，你注視她時，她馬上就臉紅了。

❿ Je n’aime pas beaucoup tenir la chandelle.
我可不想當電燈泡。

⓫ On n’a pas besoin de chaperon pour un tête-à-tête.
他們幽會時不需要有人陪。

IV. L'Invitation
邀約

1. On peut aller boire un verre (un pot) ?
   我們可以去喝一杯嗎？

2. Ça te dit d'aller voir une expo ce weekend ?
   週末去看展覽如何？

3. Si on allait au cinoche ?
   去看個電影如何？

4. Je connais un resto sympa, on y va ?
   我知道一家不錯的餐廳，咱們去吧？

V. Le Rendez-vous

約會

1. J'ai un rencard ce soir, il ne faut pas me déranger.
   我今晚有約，別打擾我。

2. J'ai un rendez-vous galant ce soir.
   我今晚有約。

3. Le patron a le culot de proposer à sa secrétaire un petit cinq-à-sept après le travail.
   老闆臉皮很厚地向他的祕書提議下班後小聚。

4. Tiens, elle a un rencard avec son chef.
   喏，她和她主管約會耶。

5. Tu viens me chercher ?
   你來接我？

6. Il vient dîner ce soir.
   他今晚來吃晚餐。

7. Il a préparé un dîner aux chandelles pour sa copine.
   他為女友準備了一頓燭光晚餐。

8. On se fait un tête-à-tête.
   我們單獨約會。

9 Ils se donnent rendez-vous dans un café.
他們在咖啡館約會。

10 Elle te rejoint au ciné ce soir ? C'est cool !
她今晚在電影院和你碰頭？讚！

11 Je suis impatient de te retrouver.
我迫不及待地和你重逢。

12 Je te raccompagne.
我送妳回家。

13 Ils regardent le film érotique en se faisant de gros câlins.
他們一邊看著色情電影，一邊互相擁抱。

VI. La Déclaration
告白

1. Il lui envoie un billet doux.
   他寄給她一封情書。

2. Tu me plais, je t'aime, je t'adore. Tu es tellement désirable.
   我喜歡你、我愛你、我愛慕你。你是如此令人嚮往。

3. J'ai soif de toi.
   我渴望你。

4. Ça y est, il a eu une touche (un billet).
   成了，他拿到「入場券」。

5. Je suis belle, disponible et pas bête, tout ce qu'il faut pour rendre un homme heureux.
   我漂亮、有閒又不笨，具備讓男人幸福的所有條件。

6. Il est grand, riche et beau, tout ce qu'il faut pour rendre une femme heureuse.
   他高、富、帥，具備令女人幸福的所有條件。

VII. Tomber amoureux

墜入愛河

1. Tu n'as pas vu ? Elle est sous le charme du pianiste.
你沒發現嗎？她被鋼琴師迷住了。

2. Julie a un coup de coeur pour son voisin du palier.
茱莉對她同層的鄰居傾心。

3. Ça m'étonne que la dame de fer a de la tendresse pour son copain.
我很驚訝這鐵娘子對她男友柔情似水。

4. Je crois que je suis amoureux.
我想我戀愛了。

5. Je n'arrête pas de penser à lui.
我無法停止想他。

6. Il n'est pas facile de trouver chaussure à son pied surtout quand on n'est plus très jeune.
當我們不再年輕，就很難找到對象了。

7. Joe a finalement trouvé son âme soeur, ils partagent aussi les mêmes goûts.
喬終於找到靈魂伴侶，而且他們倆品味接近。

8. Après la soirée, il ne voit que la vie en rose.
晚會後，他的人生變粉紅色啦。

9. Ces deux gamins ont tant d'atomes crochus qu'ils sont devenus inséparables en moins de 8 jours !
這兩個孩子天雷勾動地火，他們認識一星期就難捨難分了。

10. Ils ont subi un coup de foudre et ils se sont mariés un mois après leur rencontre.
他們一見鍾情，相識一個月後就結婚了。

11. Roger pince (brûle) pour Marie, il a un grand faible pour elle.
羅傑愛上瑪莉，他非常非常愛她。

12. Charles est aux pieds de Sandrine, il essaie de lui faire plaisir à toutes les occasions.
夏爾拜倒在桑德琳石榴裙下，他試圖於所有時機取悅她。
（「être aux pieds de」是拜倒於石榴裙下的意思；但「être aux genoux de quelqu'un」則表示「向某人屈服」。）

13. Que j'ai le coeur qui bat la chamade en serrant sa main !
緊握著他的手時，我的心小鹿亂撞！

14. Il s'est mis en quatre pour lui faire une cour assidue.
他猛力追求她。

15. Tu me manques terriblement.
我想死你了。

16 Ils sont tombés éperdument amoureux.
他們陷入熱戀。

17 Le baiser est la plus sûre façon de se taire en disant tout.
接吻是在默默不語中道盡一切最保險的方法。

18 Au cinéma, il n'a pas arrêté de serrer ma main et je ne suis pas de bois.
在電影院裡，他一直握著我的手，而我也不是木頭人。

19 Julien est tombé sous le charme de Sophie dès leur première rencontre.
朱利安從第一次見面就愛上了蘇菲。

20 Après la croisière en Egypte, ils ne se quittent plus.
在埃及乘渡船後，他們就不曾離開彼此了。
（百年修得同船渡嘛！）

VIII. La Relation amoureuse
愛情關係

1. Ça matche entre nous.
我倆很合（麻吉）。

2. Le courant passe très bien entre nous.
我倆心靈相通。

3. On n'a aucun secret entre nous.
咱們之間沒有祕密。

4. La relation à distance ne tient pas longtemps.
遠距愛情不持久。

5. L'amour est aveugle.
愛情是盲目的。

6. Les amoureux se tiennent souvent la main lorsqu'ils se promènent.
戀人散步時常常牽手。

7. Ils se baladent bras dessus bras dessous à Venise.
他們臂挽著臂地漫步威尼斯。

8. Le verbe « aimer » se conjugue uniquement au présent, parce qu'au passé il fait pleurer et au futur il fait rêver.
「愛」這個動詞只有現在式的變化，因為過去的愛使人落淚，未來的愛令人遐想。

9. Chaque histoire d'amour est belle, mais la nôtre est ma préférée.
每個愛情的故事都很美，但我最喜歡我們的。

10. Je t'aime. Je l'aime bien.
我很愛妳。而我滿喜歡她罷了。

11. Je suis bien avec toi.
跟你在一起時，我感覺很好。

12. Certaines personnes tombent amoureux par étapes : on se tient la main, puis on est bras dessus bras dessous, ensuite on se fait des bisous sur la joue et finalement on s'embrasse sur la bouche.
有些人的戀愛是分階段的：我們牽手，接著我們手挽著手，然後我們親吻臉頰，最後我們親嘴。

IX. Le Grand amour
偉大的愛情

1. Je ne peux pas vivre sans toi, je te le jure.
我不能沒有你，我發誓。

2. Je ne dors plus, je ne mange plus, je ne pense qu'à toi.
我失眠，茶不思飯不想，我只想妳。

3. L'amour est... faire la popote pour lui / elle.
愛是……為他／她做做飯（咦！這不是出自阿妹的歌嗎？）

4. En effeuillant la marguerite : je t'aime... un peu, beaucoup, passionnément, à la folie, pas du tout.
摘去雛菊花瓣：我愛你……一點、很多、熱情地、瘋狂地、一點也不……

5. Il t'a envoyé une lettre d'invitation, en effet, c'est une déclaration d'amour.
他寄給你一封邀請函，其實是種告白。

6. Sophie est la seule qui te compte, tu es mordu.
你只在乎蘇菲，你被電到了。（被「咬」了→被「電到」了。）

7. Je suis mordue (morgan) de toi.
我迷上你。（迷戀某人；法國一品牌 Morgan 的廣告詞。）

8. Je suis fou / folle (dingue) de toi.
我瘋狂地愛你／妳。

9. Il a Juliette dans la peau. C’est même devenu une obsession.
他狂戀茱麗葉。這甚至已變成一種執念。

10. Il m’est impossible de vivre sans toi.
沒有你我活不下去了。

11. Je t’aime à mourir.
我愛死你了。

12. Je t’embrasse (très fort).
我（緊緊）擁抱你。

13. Fais-moi un câlin. Fais-moi un bisou.
給我一個擁抱。給我一個吻。

14. Bisous !
親親！

15. N’aie plus peur, je suis là, je serai près de toi.
別害怕，我在這兒，我會在你身旁。

16. Peu importe où je suis, tu es toujours dans mon coeur. Peu importe ce que je fais, tu es toujours dans mon esprit. Tu es mon amour.
無論我在哪裡，你總在我心裡。無論我在做什麼，你總是在我靈魂裡。你是我的愛。

17. L'heure la plus triste de ma journée est celle où je ne reçois pas de SMS de ta part.
我一天中過得最痛苦的時刻就是沒有收到你的簡訊時。

18. Je suis fou d'amour de cette fille.
我瘋狂愛上這個女子。

19. C'est un amour foudroyant.
這是個轟轟烈烈的愛情。

20. Tu es la seule pour moi !
妳是我的唯一。

21. Je pense très fort à toi.
我好想你。

22. Mon coeur ne pense qu'à ton amour.
我的心裡只有你（沒有他）。

23. C'est toi le plus canon !
你最帥！

24. T'es la plus belle !
妳最美了！

25. Je te trouve une mine splendide, ma chérie.
親愛的，我覺得妳看起來容光煥發。

26. On a décidé de se pacser.
我們決定要同居。

X. Le Jeu de l'amour
愛情遊戲

1. Tes souhaits sont mes ordres.
   你的願望就是我的指令。
   （英文常說：Your wish is my command.）

2. T'as de beaux yeux, tu sais !
   你眼睛好美！

3. Ton look me fascine.
   你的模樣好迷人。

4. C'est un grand bonheur de faire l'amour avec quelqu'un dont on est amoureux.
   和戀人做愛真幸福。

5. Est-ce possible d'être au septième ciel toutes les nuits ?
   可能夜夜都飄飄欲仙嗎？

6. Elle a le diable au corps, rien ne peut freiner ses désirs.
   她似魔鬼附身，沒有任何事能停止她的慾望。

7. Ne m'oublie pas !
   勿忘我！

8. Il est tout sucre tout miel en lui offrant un bouquet de roses.
他甜言蜜語並獻上一束玫瑰花。

9. Voulez-vous coucher avec moi ce soir ?
今夜你要跟我睡覺嘛？

10. On a tiré un coup vite fait avant de sortir bouffer.
他們「快速解決」後即出門用餐。

11. J'aimerais me la farcir.
我想塞進她褲子裡。

12. Il a le feu au cul.
他是個大騷包。（屁股著火，當然啦！）

13. C'est une allumeuse.
她是個騷貨。

14. Il est indécent de tripoter quelqu'un en public.
在大庭廣眾下撫摸他人很下流。

15. Sois lucide, c'est une aventure sans lendemain.
清醒點，這只是一夜情。

16. C'est un obsédé sexuel, il ne pense qu'à ça.
他是個色情狂，滿腦子只想著那檔事。

17. Paul couchait à droite et à gauche quand il était adolescent.
保羅青少年時到處留情。

18 Tu me manques trop, tu sais. (Je pense à toi éperdument !)
我太想你／妳了。

19 Tu veux toujours que je te coure après ?
妳還要我一直追妳嗎？

20 Je pensais que tu m’attendrais.
我以為妳會等我。

XI. Vivre ensemble

同居

1. Tu te rends compte, il passe avec une nana du bureau !
   你知道嗎，他在搞辦公室戀情！

2. Il m'a proposé de vivre avec lui.
   他向我提議和他住一起。

3. Ceux qui vivent ensemble peuvent choisir le PACS.
   同居者可選擇簽署民事連帶契約。（se pacser 類結婚）

XII. Le Mariage
婚姻

1. Je suis si heureux(se) pour toi.
   我真為你（妳）高興。

2. On a sablé le champagne pour fêter leur mariage.
   我們開香檳來慶祝他們結婚。

3. Préfères-tu te marier à l'église ou à la mairie tout simplement ?
   你想在教堂或去市府結婚就好？

4. Je veux que tu sois ma femme (mon mari).
   我要妳（你）當我老婆（老公）。

5. Veux-tu m'épouser ?
   你願意嫁給（娶）我嗎？

6. Que pensez-vous du mariage mixte ?
   你們認為異族通婚如何？

7. Quelle surprise ! Robert a demandé la main de Cathy avant son départ pour l'Afrique.
   真令人驚訝！羅伯在前往非洲之前向凱茜求婚了。

8. Jules a demandé la main à Chantal, et ils ont décidé de se marier dans un mois.
朱爾向香達求婚，他們決定一個月後結婚。

9. Les jeunes mariés partent en lune de miel peu après la noce.
新婚夫婦婚禮後立馬去度蜜月。

10. Ils comptent passer leur lune de miel à Paris.
他們打算到巴黎度蜜月。

11. Leur voyage de noce aura lieu en septembre quand il fait un peu moins chaud.
他們等九月天氣涼一點再去蜜月旅行。

12. Rassure-toi, on est fait, l'un pour l'autre, c'est écrit dans la main.
相信我，我們是天生一對，這是命中註定的。

13. Je vous déclare mari et femme.
我宣布你們結為夫妻。

XIII. Quelques mots doux
暱稱

1. Mon agneau.
我的小羊。

2. Mon amour.
我的愛。

3. Mon ange.
我的天使。

4. Mon bébé.
我的寶貝。

5. Ma belle.
我的美人。

6. Ma biche.
我的母鹿。

7. Mon bijou.
我的珠寶。

8. Mon canard.
我的鴨鴨。

9. Mon canari des îles.
我的金絲雀。

10. Ma colombe.
我的小白鴿。

11. Mon chaton.
我的貓咪。

12. Mon chéri, ma chérie.
親愛的。

13. Ma poule.
我的母雞。

14. Ma cocotte.
我的母雞。

15. Mon chou.
我的包心菜。

16. Mon chouchou.
我的小白菜。

17. Mon cœur.
我的心肝兒。

18. Ma gazelle.
我的小羚羊。

19 Mon lapin.
我的兔兔。

20 Mon (gros) loup.
我的大野狼。

21 Mon mec.
我男朋友。

22 Ma meuf.
我女朋友。

23 Mon prince charmant.
我的白馬王子。

24 Ma princesse.
我的公主。

25 Ma puce.
我的跳蚤。

26 Mon trésor.
我的寶貝。

XIV. Minauder
撒嬌

1. T'es pénible, tu sais ?
你好討厭喔，你知道嗎？

2. Mon amour, peux-tu me préparer un p'tit thé ?
我的愛，能不能幫我泡茶茶？

3. Je ne suis pas parfaite, mais je t'aime à la folie.
我不完美，不過我瘋狂地愛你。

4. Dis-moi que tu m'aimes !
告訴我你愛我！

5. Pince-moi, est-ce que je suis en train de rêver ?
捏我，我是在作夢嗎？

6. Chéri, tu penses à la poubelle ?
親愛的，倒垃圾囉？

7. Mon coeur, tu dois vraiment fumer à table ?
心愛的，你真的要吃飯時抽菸嗎？

8. Minou, enlève ta main de là.
可愛的，把手拿開啦。

9. Chouchou, c'est ton tour d'aller chercher les croissants !
寶貝，輪到你去買可頌了！

10. Mon ange, le café au lait, s'il te plaît.
小天使，貴婦咖啡，拜託。

XV. Faire l'amour
做愛

1. Encore, encore.
   還要、還要！

2. Nina est devenue très collante à cause de la petite mort avec lui.
   妮娜和他性高潮後變得很黏人。

3. Ils passent à la casserole jour et nuit jusqu'à ce que les voisins se plaignent.
   他們日夜炒飯，連鄰居都在抱怨了。

XVI. La Réconciliation
和好

1. Je te prie de me pardonner.
請你原諒我。

2. Tu m'en veux encore ?
你還怪我嗎？

3. Dis-moi que tu ne me quitteras jamais.
告訴我你永不離開我。

4. Oublions les petites blessures d'amour-propre et convenons de ne plus jamais nous dire de choses désagréables.
讓我們忘卻自尊心受的小傷害並約定不再對彼此提起不愉快的事吧。

B. Le coin ténèbre
黑暗篇

I. La Déception
失望

1. Il a été très vache avec moi.
他對我超惡劣的。

2. Elle est cette sorte de femme qui va te mener en bateau.
她是那種掌控慾很強的女人。

3. Ça fait déjà une heure que je poireaute ici !
我已經在這等了一個鐘頭了！

4. Il a fait le poireau pendant une demi heure et il pleuvait...
他被放了半小時鴿子，而且還下著雨……

5. Elle a l'habitude de poser le lapin aux mecs.
她習慣放男人鴿子。

6. Les choses ont tourné au vinaigre après la naissance de leur premier bébé.
在他們第一個孩子出生後，感情就走味兒了。

7. Avec elle, c'est toujours la douche écossaise.
她總是忽冷忽熱。

8 Trop c’est trop, c’est la goutte d’eau qui fait déborder le vase.
太過分了，這是壓垮駱駝的最後一根稻草。

9 Ce n’est qu’un amour passager.
這只不過是短暫的戀情。

10 Tiens, tiens. Il s’est pris un râteau.
哼，哼。他碰了個釘子。

II. Se Plaindre
抱怨

1. Si ça continue, je m'en vais !
再這樣下去，我就走人！

2. Il ne me comprend pas et il ne me comprendra jamais.
他不懂我，以後也不會懂。

3. Des fleurs, vous croyez qu'il m'en offrirait !
你以為他會送花給我啊！

4. Il a encore oublié mon anniversaire !
他又忘了我的生日了！

5. J'en ai plein le dos de toute cette histoire.
我受夠了這些謊言。

6. J'en ai ras-le-bol de ses radotages.
我受夠他說話顛三倒四。

7. Je n'ai pas arrêté de courir toute la journée !
我成天不停地跑東跑西！

III. Le Reproche
責備

1. J'ai gâché les plus belles années de ma vie pour toi.
我把青春都浪費在你身上。

2. Si l'on reste ensemble, c'est uniquement à cause des enfants.
假如我們還在一起，那都是為了小孩。

3. C'est toujours moi qui fais tout dans cette baraque.
這個家都是我在做事。

4. On n'a plus rien à se dire.
我們已經沒什麼好說了。

5. A quoi ça sert que je me fasse belle, tu ne me regardes jamais.
我為什麼要打扮地漂漂亮亮，你又從不看我一眼。

6. Ça fait un mois que tu ne m'as pas touchée... T'as plus envie de moi ?
你已經一個月沒碰我了……你不想要我了？

7. Tu me trouves moche ? Tu as quelqu'un, c'est ça ?
你覺得我很醜？你有別人了，是嗎？

8. Qu’est-ce que tu peux être chiant(e) ?
你怎麼這麼討人厭？

9. Ne me dis pas que tu vas encore sortir !
別跟我說你又要出去！

10. On n’a pas pris de vacances depuis des siècles !
我們好幾個世紀沒去度假了！

11. Pourrait-on avoir au moins une fois, une conversation sérieuse ?
我們可不可以至少有一次認真地談一談？

12. T’aurais pu me demander mon avis quand même.
你應該跟我商量啊。

13. J’espère seulement que ma fille n’épousera jamais un type comme toi !
我只希望我女兒別嫁個像你一樣的人！

14. Il n’y a vraiment pas de quoi à faire toute une histoire.
實在不必要小題大做嘛。

15. A part regarder la télé, qu’est-ce que tu sais faire ?
除了看電視，你還會做什麼？

16. Tu as encore oublié notre anniversaire de mariage.
你又忘了我們的結婚紀念日。

17 Je n’ai plus que mes yeux pour pleurer.
我欲哭無淚。

18 Je ne lui demande pourtant pas grand chose.
我又沒向他要求什麼。

19 Tu ne penses qu’à toi, petit égoïste !
你都只想到你自己，自私鬼！

20 Je t’ai déjà dit plusieurs fois de ne pas jeter tes chaussettes par terre.
我已經跟你說過很多次，不要把襪子丟在地上。

21 C’est à cette heure-ci que tu rentres ?
你這時候才回來？

22 Tu oublies toujours tout.
你什麼都忘記。

23 Tu exagères.
你太誇張了。

24 Une fois de plus, je suis en retard à cause de toi ! Moi qui sais d’une exactitude féroce !
為了你，我這麼守時的人，竟不只一次遲到！

25 Ne me crie pas après.
不要再吼我了。

IV. La Jalousie
嫉妒

1. Sa femme est très jalouse, elle ne laisse même pas une mouche de pénétrer chez eux.
她老婆是個醋罈子，她甚至不讓一隻蒼蠅鑽進他們家。

2. Tu n'as pas besoin de mentir, dis-moi que je suis cocu.
你不必撒謊，就告訴我我戴綠帽了。

3. Je t'ai vu avec tes poules !
我看見你和你的馬子們！

4. C'est affreux(horrible), la rivalité entre les soeurs.
姊妹之間爭風吃醋真可怕。

5. Je ne t'ai jamais trompé, je te le jure !
我從沒欺騙你，我跟你發誓！

6. Moi, jalouse ? Tu rigoles !
我，嫉妒？愛說笑！

7. Où t'as mis ton alliance, elle n'est plus à ton doigt ? Tu l'as perdue ?
你把戒指放哪兒去了？怎麼沒戴在指頭上？你把它丟了？

8. Si tu me trompes, je préfère ne pas le savoir.
如果你騙我，我寧可不知道。

9. Je ne suis pas jalouse, je m'intéresse à ce que tu fais, c'est tout.
我才沒吃醋，我只是對你做的事有興趣。

10. Qui a mis du rouge à lèvres partout sur ta chemise ?
誰把口紅沾得你襯衫到處都是？

11. Je n'ai pas fouillé dans tes poches. Cette lettre, je suis tombée dessus par hasard en rangeant ton costume dans l'armoire.
我沒搜你口袋。這封信是整理你衣櫃裡的西裝時掉出來的。

12. Elle est mieux que moi, c'est ça ?
她比我好，是嗎？

13. Il est dévoré par la jalousie.
他被嫉妒所吞噬。

14. Tu as rencontré quelqu'un ?
妳有別人了？

15. Pourquoi tu ne dis pas la vérité ?
你為什麼不說實話？

16. Si je te quitte, je suis sûre que tu m'auras remplacée en 3 jours.
如果我離開你，我相信三天內你就會把我換掉。

17. Justin a jeté de l'huile sur le feu en invitant Jeanne à sortir avec lui devant Solange.
朱司汀火上加油，在索倫芝面前邀珍娜出遊。

18. A qui te téléphonais ? Pourquoi t'as raccroché dès que je suis arrivé ?
妳打電話給誰？為什麼我一來妳就掛斷？

19. Pourquoi tu souris bêtement quand tu lui parles à cette conne ?
當你和那笨女人說話時為什麼傻笑？

20. Comment ? Le ménage à trois ? Jamais dans la vie.
什麼？三人行？休想。

V. La Dispense du devoir conjugal
藉口

1. Je dois économiser mes forces pour le match.
   我要省點力氣看球賽。
2. Les enfants pourraient nous entendre.
   小孩會聽見啦。
3. On l'a fait la semaine dernière...
   上個禮拜才做過……
4. Arrête, tu vas trop vite.
   停，你太快了。
5. J'ai pas envie de faire ça maintenant.
   我現在不想。
6. Je n'ai pas envie, c'est tout.
   我就是不想。
7. Je n'ai pas envie de te filer mes microbes.
   我不想把細菌傳給你。
8. Je ne suis pas en forme.
   我人不舒服。

9. T’as pas vu ? J’ai du travail.
你沒看見？我有工作啊。

10. Je suis trop tendu(e).
我太緊張了。

11. J’ai très mal au ventre.
我肚子好痛。

12. Ecoute, j’ai mes règles.
喂，我那個來了。

13. J’ai des champignons.
我有黴菌。

14. Mais non, pas ce soir, j’ai la migraine.
今天晚上不要，我頭痛。

15. Si c’est comme ça, je retourne chez ma mère.
如果是這樣，我要回娘家。

16. Arrête, tu me chatouilles !
停，你弄得我好癢！

17. Arrête de me tripoter !
別摸我啦！

18. Arrête, tu me piques.
停，別用鬍渣刺我。

19. Laisse-moi tranquille, j’ai mon ménage à faire.
別吵我，我要做家事。

VI. Le Refus
拒絕

1. Je refuse de répondre à cette question.
我拒絕回答這個問題。

2. Tu rigoles !
愛說笑！

3. Pas question.
絕對不行。

4. Tu crois que je n'ai que ça à faire !
你以為我只有這件事好做呀！

5. Ecoute, tu n'y penses pas !
聽著，你休想！

6. Non, c'est non.
不行就是不行。

7. J'ai des amis qui m'attendent. On en parlera plus tard.
我朋友還在等我，下次再說吧。

8. C'est curieux, elle lui envoie promener (balader) après les tendres baisers.
真奇怪，她在溫柔的親吻後就把他打發走了。

VII. L'Infidélité
不忠

1. Prends garde, elle a les cuisses légères.
小心，她很好上。

2. Anne a eu beaucoup d'aventures, elle a la réputation d'avoir la cuisse hospitalière.
安有很多一夜情，大家都說她很好上。

3. C'est un chaud lapin, il change de copine comme des chemises.
他是個花花公子，換女人像換襯衫一樣。（花花公子，法文直譯為中文「熱兔子」，取其生殖能力強之意。）

4. Tu vas sortir avec Jules ? Je te préviens que c'est un chaud lapin.
妳要跟朱爾出去？我警告妳，他可是個好發情的男人。

5. C'est une croqueuse d'hommes, elle brise le coeur à tous les mecs qu'elle a rencontrés.
她是個男人殺手，她讓所有和她交往的男人都心碎。

6. Philippe est renommé d'un vrai bourreau des coeurs, il y a déjà 5 filles qui se sont suicidées pour lui.
菲力浦是有名的負心漢，已經有五個女生為他自殺了。

7. Le mari de Marthe porte des cornes, elle le trompe avec son patron.
瑪特的丈夫戴綠帽了，她和她老闆有染。

8. A force de courir deux lièvres à la fois, il risque de perdre toutes les deux.
他因一隻腳踏兩條船，會兩頭空的。（腳踏兩條船、享齊人之福、劈腿）

9. Edmond a un coeur d'artichaut, il tombe facilement amoureux de la première venue.
愛德蒙很花心，他人盡可妻。

10. Ce coureur du jupon pourrait bouleverser toutes les filles du quartier.
這個登徒子會把整區的女生弄得天翻地覆。

11. Pierre avait mis la puce à l'oreille depuis longtemps à propos des adultères de sa femme ; hier, il l'a surprise dans les bras de Paul et qu'il a enfin découvert le pot aux roses.
皮耶早就懷疑老婆紅杏出牆；昨天他當場逮到保羅，終於東窗事發。

12. Sois sage. T'as pas vu qu'elle a la bague au doigt ! Et toi aussi d'ailleurs.
放乖點。你沒發現她戴婚戒嗎？而且你也是啊！

13. Menteuse ! Je ne crois pas ce que tu m'as raconté.
騙子！我不相信妳所說的話。

14. Roger mène une vie de patachon, il ramène souvent des nanas chez lui.
羅傑過著放浪不羈的生活，他常帶馬子回家。

15. Pourquoi on doit accepter cette trahison ?
為什麼要忍受背叛？

16. C'est elle ou moi !
有她就沒有我，有我就沒有她！

17. Il n'a pas été fidèle physiquement.
他生理上不忠。

18. Elle t'a trahi moralement.
她精神外遇。

19. Il la trompe sans arrêt.
他不斷欺騙／背叛她。

20. Celui qui vient d'entrer dans la salle est son amant.
剛進大廳的男子是她的情夫。

21. Sais-tu qu'il a combien de maîtresses ?
你知道他有多少情婦嗎？

22. Est-ce que l'adultère est un crime chez vous ?
外遇在貴國犯法嗎？

23. Elle n'a pas honte de mentir tout le temps.
她不以一直說謊為恥。

24 Il a le coeur brisé parce que Liliane s’en va sans laisser un mot.
莉莉安一言不發地離開，他傷心欲絕。

25 C’est incroyable que son mari soit cocu dès le premier jour de leur mariage.
令人驚訝的是，她先生從結婚第一天起就被戴了綠帽子。

26 Il est donc de choisir parmi ces nanas.
只能在這些女人中做選擇了。

27 Touche pas à mon mec !
別碰我的男人！

28 Il m’a trompée avec sa secrétaire.
他跟他祕書外遇。

VIII. La Querelle
爭吵

1. Pourquoi tu ne mets jamais le pull que je t'ai tricoté ?
你為什麼從不穿我替你打的毛衣？

2. Pourquoi t'as toujours l'air idiot sur les photos ?
為什麼你的照片老是一副傻相？

3. Pourquoi tu ne me regardes plus ?
你為什麼不在乎我了？

4. Pourquoi tu ne m'as pas appelée ? T'as perdu mon numéro ?
你為什麼不打電話給我？把我電話號碼搞丟了嗎？

5. Pourquoi il faut toujours que ce soit moi ?
為什麼每次都是我？

6. Pourquoi tu me demandes encore mon avis puisque tu fais toujours le contraire de ce que je dis ?
既然你總是唱反調，幹嘛還問我意見？

7. Pourquoi tu ne me quittes pas s'il n'y a plus rien entre nous ?
如果我們之間什麼都沒了，為何不離開我？

8. Ne rentre pas complètement bourré !
別醉醺醺地回來！

9. Dépêche-toi, ça va refroidir !
快點，都涼了！

10. Arrête de te conduire comme un(e) gamin(e) ！
行為別像個小屁孩一樣好嗎！

11. Arrête de dire tout le temps du mal de ma mère ! Qu'est-ce qu'elle t'a fait ?
別老說我媽壞話！她把你怎麼啦？

12. Arrête, tu vas froisser ma robe !
停，你把我的洋裝弄皺了！

13. Arrête de ronfler, tu m'empêches de dormir !
別打呼了，你讓我睡不著！

14. Lève-toi, tu vas encore être en retard.
起來，你又要遲到了。

15. Ne laisse pas traîner tes affaires partout !
別把東西弄得到處都是！

16. Ne me parle pas comme un chien.
別對我像對狗一樣說話。

17. Viens donc faire la vaisselle, connard !
來洗碗盤呀，笨蛋！

18 N'oublie pas qu'on va chez mes parents ce week-end.
別忘了這週末我們要去我爸媽家。

19 Le matin, il ne faut pas me parler avant mon petit déjeuner.
早上，吃早餐前別跟我說話。

20 Fiche-moi la paix, j'ai pas besoin de tes conseils.
讓我安靜一下，我不需要你的建議。

21 Tu ne peux pas arrêter de répéter comme un débile ?
你能不能停止像個白癡一樣嘮叨？

22 Ne conduis pas si vite, on risque de se planter !
別開太快，會撞到啦！

23 Interdis de me parler sur ce ton !
不准用這種口氣跟我說話！

24 Jure-moi que tu ne m'aimes pas uniquement pour mon corps !
跟我發誓你不是因為我的肉體才愛我！

25 Tais-toi, petit con !
閉嘴，小蠢蛋！

26 Déconne-toi.
別傻了。

IX. Les Disputes, les bagarres
爭吵、打架

1. Pour retenir son mari, elle pleurniche en répétant ses malheurs.
為了留住老公，她啜泣並重複她的不幸。

2. Ils vivent comme chien et chat.
他們水火不容。

3. Ils n’arrêtent pas de se chicaner.
他們不斷爭吵。

4. Quelle mouche te pique ? Tu montes sur tes grands chevaux chaque fois que tu en parles.
哪根筋不對啦？每次講話都自以為是。

5. Anne a eu une grosse prise de bec avec son copain, et depuis ils ne se parlent pas.
安妮和她男友發生口角，此後他們不說話了。

6. Ce vieux couple passe leurs soirées à se regarder en chien de faïence.
這對怨偶每晚怒目相視。

7. Arrête de chialer !
別哭了！

8. Ça suffit ! On se casse.
夠了！咱們切了！

9. Je n’en peux plus, il m’a traité de tous les noms.
我受不了了，他把我臭罵了一頓。

10. J’en ai marre marre marre !
我受夠了！

11. Casse-toi ! Va t’en ! La porte !
滾！走開！滾出去！

12. Va te faire foutre (enculer) ！
閃邊涼快！

13. Fiche le camp ! fous-moi la paix !
滾開！我要靜一靜！

14. J’aimerais bien qu’elle me pardonne, mais je sens qu’elle me garde encore une dent.
我希望她原諒我，可是我覺得她仍懷恨在心。

15. Arrête tes conneries !
別鬧了！

16. Arrête ton cinéma !
別演戲了！

17. Arrête de tourner autour du pot ! Tu veux le divorce, n’est-ce pas ?
別拐彎抹角了！你想離婚，是吧？

18 Tu m’emmerdes !
你惹人厭！

19 Et ta sœur ?
別再說了！

20 Il m’a fait chier.
他惹毛我了。

21 Merde !
賽啦！

22 Laisse-moi tranquille.
讓我靜一下。

23 Ecoute, tu ne peux pas te taire un peu ?
聽著，你不能閉嘴一下嗎？

24 Ta gueule !
閉上你的狗嘴！

25 Je suis fatigué(e) de ces histoires.
我受夠這些鳥事了。

26 Putain de bordel ! Je t’avais dit de ne pas lui dire.
幹！已經叫你別告訴他了。

27 C’est au-dessus de mes forces. (C’est plus fort que moi.)
這非我能力所及。

28 Tu ne m'envoies jamais de fleurs.
你從來沒送花給我。

29 De toute façon, tu ne comprends jamais rien.
總而言之，你什麼都不懂。

30 Encore ! C'est quoi ton problème ?
又來了！你有什麼問題？

31 C'est toujours moi qui cuisine. T'as pas encore fait des vaisselles, c'est dégeu.
永遠是我煮飯。你還沒有洗碗，好噁。

32 Tu t'en vas passer le week-end avec tes potes. Et je me démerde toute seule avec le chat.
你要和你的兄弟們過假日。而我只能和貓在一起鬼混。

33 Si tu me quittes, je me tue !
如果你離開我，我就自殺！

34 Je suis au bord du suicide.
我要自殺啦。

35 Il lui menace de vouloir se suicider, si elle ne l'épouse pas.
他威脅她要自殺，如果她不嫁給他。

36 Ferme-la, sinon moi, je vais te foudre mon poing sur ta gueule.
閉嘴，否則我要賞你一拳。

37 C’est toi qui le cherches. Paf !
是你自找的。啪！

38 Son époux lui a passé un savon à cause de son adultère.
她老公痛扁她，因為她有外遇。

39 J’ai horreur de la violence sexuelle.
我討厭性暴力。

40 Doris a donné une gifle à son copain en pleine rue, sans raison.
多莉無緣無故地在大街上賞男友一巴掌。

41 Stop ! Ne vous chicanez pas sans cesse.
停！你們別再不停爭吵了。

42 Tu pourrais t’occuper un peu de tes gosses ?
你能稍微照顧一下你的小孩嗎？

43 Un peu de respect ! Sans moi, il n’y aurait pas d’enfants.
放點尊重！沒有我就沒有孩子。

44 Allez ! Fous-moi le camp.
算了！滾開。

45 Nique ta mère !
X 你娘！

46 Ça suffit les conneries !
廢話已經說夠了

47 Tu m’as brisé le coeur.
你讓我心碎。

48 Dégage, la vieille !
閃開，老太婆！

X. La Séparation, le divorce
分手、離婚

1. Elle l'a larqué (planter, plaquer) sans donner la raison.
   她毫無理由地甩了他。

2. Ne me quitte pas.
   不要離開我。（這是 Jacques Brel 的一首香頌名）

3. Hélène a une peine de coeur parce que son mec a filé à l'anglaise.
   海倫失戀了，因為她男友不告而別。

4. Il vient de perdre son boulot et sa femme l'a quitté. Il a le cafard (avoir une peine de coeur) en ce moment.
   他剛剛失業，老婆又離開他。他目前心情很沉重。

5. J'ai décidé de dire adieu à Eric, c'est la mort dans l'âme.
   我決定和艾瑞克分手，哀莫大於心死。

6. Après une longue réflexion, je crois être au bout du rouleau.
   經過長時間考慮，我認為已到了盡頭。

7. Dès qu'il a entendu le mot "mariage," il a pris ses jambes à son cou.
   一聽到「結婚」這個字，他拔腿就跑。

8. Toi et moi, c'est fini. Il suffit que tu en parles avec mon avocat.
你和我玩完了。你跟我律師談就可以了。

9. Philippe a rompu avec Nicole.
菲立普和妮可分手了。

10. Elle a sablé le champagne avec ses copines pour fêter son divorce !
她開香檳和女伴們分享以慶祝離婚。

11. Il faut qu'il s'habitue à la solitude.
他得習慣寂寞。

12. Je ne suis pas assez bon(ne) pour toi.
我配不上你／妳。

13. Ils se sont séparés à cause d'un problème d'argent.
他們因金錢問題離婚。

14. Une mère célibataire peut très bien éduquer un enfant.
單親媽媽也可以好好教育小孩。

15. Le nombre de familles monoparentales a doublé depuis la décennie.
十年來單親家庭數目翻倍。

16. Tiens ! Luc vit dans une famille recomposée.
嘿！路克生活在一重組家庭中。

17 L’histoire d’amour finit toujours mal.
愛情故事總是以悲劇收尾。

18 Un an de mariage, ce n’est qu’un amour passager.
一年的婚姻，這只是短暫的愛情。

19 Il m’a quittée pour une salope.
他為了一個騷貨離開我。

20 On se sépare mais on reste amis.
我們分開了，但我們還是朋友。

21 Voilà ! J’ai signé ! T’es content ?
看！我簽了！你高興了吧？

XI. Le Chagrin d'amour

失戀

1. Il a de nouveau chagrin d'amour.
他又失戀了。

2. Ce n'est pas la première fois qu'elle a une peine de cœur.
這已經不是她第一次失戀了。

3. J'ai le cœur gros de savoir qu'il fréquente cette vamp.
曉得他和這狐狸精來往，我心情沉重。

4. Depuis le départ de Marianne, il est malheureux comme les pierres.
自從瑪麗安離開後，他心灰意冷。

5. Je n'en peux plus vivre avec lui, c'est l'enfer !
我無法跟他生活在一起，這簡直是人間煉獄。

6. Je ne veux plus le voir.
我再也不想見到他。

7. Couper complètement les ponts est pour nous la chose primordiale à faire.
一刀兩斷、不再來往，是我們該做的首要之事。

8. Ecoute, ce n’est pas la fin du monde.
這又不是世界末日。

9. N’as-tu jamais pensé que repartir (recommencer) à zéro est souvent le meilleur remède ?
你不覺得重新開始，往往是療傷良方嗎？（下一個男／女人會更好）

10. Elle a le cafard quand son ex n’est plus là.
她心情沮喪，因前男友離開了。

11. En apprenant la mauvaise nouvelle, Edith est tombée dans les pommes.
一聽到壞消息，愛迪就昏倒了。

12. Je perds ma femme et je perds tout !
我失去我的老婆，就失去了一切！

13. Ne pleure pas, un de perdu, dix de retrouvé.
別哭，塞翁失馬，焉知非福。

XII. Quelques mots méchants
難聽、凶狠的話

1. Assassin
兇手

2. Cinglé
神經病

3. Conasse
傻娘們

4. Connard
渾球

5. Connasse
婊子

6. Crétin
笨蛋

7. Enfoiré
蠢貨

8. Escroc
騙子

9. Fils de pute
婊子養的

10. Flemmard
懶鬼

11. Fumiste
滑頭

12. Idiot
傻瓜

13. Imbécile
弱智

14. Judas
叛徒

15. Lèche-cul
馬屁精

16. Malade
變態

17. Morne
臭娘們

18. Narcissique
自戀狂

19. Nul
低能

20. Ordure
垃圾

21. Parasite
寄生蟲

22. Peau de vache
兔崽子

23. Obsédé
色鬼

24. Polisson
色鬼

25. Putain
賤貨

26. Salaud, salopard
混帳

27. Sale type
渾球

28. Salope
賤貨

29. Taré
秀逗

30. Tête de lard
豬頭

31 Chaud lapin
到處播種的男人

32 Cochon
豬哥

33 Don Juan (Casanova)
情聖唐璜（卡薩諾瓦）

34 Carmen
卡門

35 Femme fatale
具致命吸引力的女人

36 M’as tu vu
愛現的人

37 Nymphomane
女色情狂

38 Vamp
狐狸精

39 Vieux con
老番顛

La Définition de l'amour

愛的定義

1. L'amour est un jeu : soit tu es le joueur, soit tu es le jouet.
愛情是場遊戲：你要麼是玩家，要麼是玩具。

2. L'amour, c'est comme les mathématiques : si on est un peu étourdi, 1+1=3 !
愛情就像數學：如果我們有點大意，1+1=3 ！（會懷孕）

3. L'amour c'est comme un sablier. Le cerveau se vide alors que le cœur se remplit.
愛情就像沙漏。隨著腦袋變空，心便盈滿。

4. L'amour c'est comme un gros rhume, ça s'attrape dans la rue et ça se finit au lit.
愛情就像一場嚴重的感冒，在街上感染，而在床上痊癒。

5. L'amour c'est comme faire pipi dans son pantalon. Tout le monde peut le voir, mais vous seul pouvez en sentir la chaleur.
愛情就像在褲子裡尿尿。所有人都看得見，但只有你感覺得到那個溫度。

6. L'amour c'est un peu comme un mal de dos, on ne le voit pas aux rayons X, mais vous savez qu'il est présent.
愛情有點像背痛，我們無法在 X 光中看到，但你知道它確實存在。

7. L'amour c'est comme la guerre. Facile à commencer mais difficile à terminer.
愛情就像戰爭。容易開始，但很難善了。

8 L’amour c’est comme un jeu d’échecs. Le garçon joue tranquillement mais a toujours peur de perdre sa reine. La fille risque tout pour protéger son roi.
愛情像一盤棋局。男生冷靜地玩但總是害怕失去他的皇后。女生則賭上全部去保護她的國王。

9 L’amour est juste un mot jusqu’à ce qu’on rencontre quelqu’un pour lui donner un sens.
愛情只是一個字，直到我們遇見一個給它意義的人。

10 L’amour est la sagesse du fou et la folie du sage.
愛情是愚人的智慧和智者的荒唐。

11 L’amour ne rend pas aveugle. On t’a juste planté dans le noir. L’amour n’est pas aveugle. Il permet simplement de voir certaines choses que d’autres ne parviennent pas à voir.
愛情不會使你盲目，我們只是把你放在黑暗中。愛情不是盲目的，它只是讓你可以看到其他人看不見的東西。

12 L’amour est un arbre sans branche qu’on devrait monter avec patience et prudence.
愛情是一棵沒有枝幹的樹，我們必須耐心謹慎攀爬。

13 La différence entre l’amour er l’argent, c’est que si on partage son argent, il diminue, tandis que si on partage son amour, il augmente.
愛情與金錢之間的區別在於，若我們分享金錢則會減少，而若我們分享愛情，它會增加。

14 L’amour est ta dernière chance. Il n’y a vraiment rien d’autre sur la terre pour t’y retenir. (Louis Aragon)
愛情是你的最後機會，地球上沒有其他事物可以攔住你。

15 L’amour, il faut l’avoir vu chez les autres pour le comprendre vraiment. On ne s’aperçoit que de son absence. (Gilles Archambault)
愛情，必須在他人身上看到，我們才會真正了解它。當它缺席時，我們才會注意到它。

16 La mesure de l’amour, c’est d’aimer sans mesure. (Saint Augustin)
愛的丈量，就是沒有限度地去愛。

17 Parler d’amour, c’est faire l’amour. (Honoré de Balzac)
談情就是做愛。

18 L’amour est la poésie des sens. (Honoré de Balzac)
愛情是感官的詩歌。

19 Si l’amour porte des ailes, n’est-ce pas pour voltiger ? (Pierre Augustin Caron de Beaumarchais)
如果愛有翅膀，不就是用來飛的嗎？

20 L’amour c’est comme la guerre, facile à démarrer, difficile à finir... et impossible à oublier. (Jean Cocteau)
愛情如戰爭，容易開始、很難結束……且無法忘懷。

21 L’amour platonique est à l’amour charnel ce que l’armée de réserve est à l’armée active. (Pierre Dac)
柏拉圖式戀愛於肉體之愛，就如同預備役於現役部隊般。

22. La poésie comme l'amour risque tout sur des signes. (Michel Deguy)
詩歌就像愛情一樣，不顧一切冒著風險。

23. La culture, c'est comme l'amour. Il faut y aller à petits coups au début pour bien en jouir plus tard. (Pierre Desproges)
耕耘就像愛情，必須慢慢開始，而後才會喜悅。

24. On a dit que l'amour, qui ôtait l'esprit à ceux qui en avaient, en donnait à ceux qui n'en avaient pas ; c'est-à-dire, en autre français, qu'il rendait les uns sensibles et sots, et les autres froids et entreprenants. (Denis Diderot)
有人說理智的人愛情會被奪走，它會給不理智的人，也就是說，愛情會讓某些人變得敏感和癡傻，令其他人冷漠和大膽。

25. Il n'y a pas de vacances à l'amour …, ça n'existe pas. L'amour, il faut le vivre complètement avec son ennui et tout, il n'y a pas de vacances possibles à ça. (Marguerite Duras)
愛情沒有假期……這不存在。愛情，就是完全地生活著，與它的無聊和所有一切同在，其中不可能有假期。

26. En art comme en amour, l'instinct suffit. (Anatole France)
藝術就像愛情，直覺就夠了。

27. L'amour sans philosopher – C'est comme le café – Très vite passé. (Serge Gainsbourg)
沒有哲理的愛情就像咖啡，味道很快消散。

28. L’amour physique est sans issue. (Serge Gainsbourg)
肉體之愛是沒有出路的。

29. Jour après jour – Les amours mortes – N’en finissent pas de mourir. (Serge Gainsbourg)
日復一日，逝去的愛，不停歇地死去。

30. Chut ! l’amour est un cristal qui se brise en silence. (Serge Gainsbourg)
噓！愛情是一顆在無聲中破碎的水晶。

31. L’amour est aveugle et sa canne est rose. (Serge Gainsbourg)
愛情是盲目的，而其手杖是粉紅色的。

32. L’amour est aveugle. (Platon)
愛是盲目的。

33. L’amour est aveugle ? Quelle plaisanterie ! Dans un domaine où tout est regard ! (Philippe Sollers)
愛是盲目的？笑話！它就在注視裡。

34. L’amour est aveugle, mais le mariage lui rend la vue. (Georg Christoph Lichtenberg)
愛情是盲目的，但婚姻讓他恢復視力。

35. L’amour rend aveugle. L’amour doit rendre aveugle ! Il a sa propre lumière. Eblouissante. (Daniel Pennac, *Aux Fruits de la Passion*)[1]
愛情令人盲目。愛情勢必令人盲目！它自有光芒，令人炫目。

---

[1] Pennac, Daniel, *Aux fruits de la passion*, Paris : Gallimard, 2000.

36 Il est bien certain que dans ce monde rien ne rend un homme nécessaire si ce n'est que l'amour. (Goethe)
可以肯定的是，在世上除了愛情，沒有任何東西可以使男人不可或缺。

37 Le véritable amour c'est quand un silence n'est plus gênant. (Jean-Jacques Goldman)
真正的愛情是當沉默不再尷尬。

38 L'amour est comme une blessure à la tête. Ça donne le vertige, on croit qu'on va mourir mais on finit par guérir... en principe. (Gossip Girl)
愛情就像頭上的傷口，使我們暈眩，覺得自己快死了，最後卻痊癒了……原則上是如此。

39 L'amour est l'unique révolution qui ne trahit pas l'homme. (Jean-Paul II)
愛是唯一不背叛人的革命。

40 L'amour naît de rien et meurt de tout. (Alphonse Karr)
愛情從無中所生，並亡於所有。

41 L'amour, c'est l'effort que l'homme fait pour se contenter d'une seule femme. (Géraldy Paul Lefèvre)
愛是男人為了滿足唯一一位女子所做的努力。

42 L'amour n'est pas un sentiment, c'est un art. (Paul Morand)
愛情不是一種感受，是一種藝術。

43 L’amour a besoin des yeux, comme la pensée a besoin de la mémoire. (Madame Necker)
愛情需要雙眼，就像思想需要記憶一樣。

44 L’amour n’a point d’âge ; il est toujours naissant. Les poètes l’ont dit. (Blaise Pascal)
愛情沒有年齡；它總是新生的。詩人們都這麼說。

45 L’amour est clair comme le jour,
L’amour est simple comme le bonjour,
L’amour est nu comme la main,
C’est ton amour et le mien. (Jacques Prévert)
愛如白晝般明亮、如問候般簡單、如手般赤裸，這就是你我的愛情。

46 L’amour est inguérissable. (Marcel Proust)
愛情是無法治癒的。

47 L’amour est un « je-ne-sais-quoi » qui vient de « je-ne-sais-où » et qui finit « je-ne-sais-comment ». (Madeleine de Scudéry)
愛情是「我不明白是什麼」，它來自「我不知道在何方」，結束於「我不曉得怎麼了」。

48 L’amour est le miracle de la civilisation. Il suffit d’un très petit degré d’espérance pour causer la naissance de l’amour. (Stendhal)
愛情是文明的奇蹟。只需要很小的期望就會產生愛情。

49 L’amour est un feu qui s’éteint s’il ne s’augmente. (Stendhal)
愛情是火，不旺則熄。

50 L'amour est une étoffe tissée par la nature et brodée par l'imagination. (Voltaire)
愛情是天然的織布，它用想像力刺繡。

51 L'amour fantasmé vaut bien mieux que l'amour vécu. Ne pas passer à l'acte, c'est très excitant. (Andy Warhol)
幻想的愛情比愛的經歷好很多。不採取行動最令人興奮。

52 L'amour est à ceux qui y pensent. (Marcel Achard, *Patate*)[2]
愛情屬於想它的人。

53 L'amour, c'est peut-être d'être égoïstes ensemble. (Marcel Achard, *Le Corsaire*)[3]
愛情也許是自私地在一起。

54 L'amour, c'est être toujours inquiet de l'autre. (Marcel Achard, *Jean de la Lune*)[4]
愛情就是老擔心另一半。

---

[2] Achard, Marcel, *Patate*, Paris : La Table Ronde, 1957.
[3] Achard, Marcel, *Le Corsaire*, Paris : Gallimard, 1938.
[4] Achard, Marcel, *Jean de la Lune*, Paris : La Table Ronde, 1967.

55 C'est (l'amour) la seule force qui peut stopper un homme dans sa chute, la seule qui soit assez puissante pour nier les lois de la gravité. (Paul Auster, *Moon Palace*)[5]

愛情是唯一可以阻止人跌倒的力量，唯一可以抵擋地心引力的力量。

56 L'amour qui économise n'est jamais le véritable amour. (Honoré de Balzac, *Melmoth réconcilié*)[6]

吝嗇的愛情永遠不是真摯的愛情。

57 L'amour n'est pas seulement un sentiment, il est un art aussi. (Honoré de Balzac, *La Recherche de l'absolu*)[7]

愛情不只是一種感情，它也是一種藝術。

58 L'amour a son instinct, il sait trouver le chemin du coeur comme le plus faible insecte marche à sa fleur avec une irrésistible volonté qui ne s'épouvante de rien. (Honoré de Balzac, *La Femme de trente ans*)[8]

愛情有其本能，它知道如何找到通往心的道路，就像最脆弱的昆蟲帶著不可抗拒的意志往花朵行進，無懼於任何事。

59 L'amour n'est que le roman du cœur : c'est le plaisir qui en est l'histoire. (Beaumarchais, *Le Mariage de Figaro*)[9]

愛情只是言情小說：是愉悅構成了故事。

---

[5] Auster, Paul, *Moon Palace*, Arles : Actes Sud, 2018.

[6] de Balzac, Honoré, *Melmoth réconcilié*, Lausanne : Skira, 1946.

[7] de Balzac, Honoré, *La Recherche de l'absolu*, Paris : Gallimard, 1976.

[8] de Balzac, Honoré, *La Femme de trente ans*, Paris : Gallimard, 1977.

[9] Beaumarchais, *Le Mariage de Figaro,* Paris : J'ai lu, 2004.

60 L'amour ? le plus court chemin d'un coeur à un autre : la ligne droite. (Maurice Bedel, *Jérôme 60° de latitude nord*)[10]

愛情？這是心與心之間最短的道路：直線。

61 C'est cela l'amour, tout donner, tout sacrifier sans espoir de retour. (Albert Camus, *Les Justes*)[11]

這就是愛，付出一切，犧牲一切並不須回報。

62 L'amour comme un vertige, comme un sacrifice, et comme le dernier mot de tout. Qu'est-ce donc qu'on appelle amour chez les humains ? Rien n'est plus doux, ma fille, ni amer tout ensemble. (Euripide, *Hippolyte*)[12]

愛情就像頭昏眼花，像是種犧牲，像萬物的結語。那我們人類稱愛情是什麼？－我的女兒，沒有什麼比這更甜蜜或更苦澀的了。

63 L'amour, c'est le meilleur des menus ! (Carlo Goldoni, *Arlequin valet de deux maîtres*)[13]

愛情是最棒的菜單！

64 L'amour qui naît subitement est le plus long à guérir. (Jean de La Bruyère, *Les Caractères*)[14]

突發的愛情需要最長的時間來療癒。

---

[10] Bedel, Maurice, *Jérôme 60° de latitude nord*, Paris : Gallimard, 1927.
[11] Camus, Albert, *Les Justes*, Paris : Gallimard, 2008.
[12] Euripide, *Hippolyte*, Paris : Hachette Livre, 2013.
[13] Goldoni, Carlo, *Arlequin valet de deux maîtres*, Paris : Flammarion, 1998.
[14] de la Bruyère, Jean, *Les Caractères*, Paris : Le livre de poche, 1976.

65 L'amour et l'amitié s'excluent l'un l'autre. (Jean de La Bruyère, *Les Caractères*)[15]
愛情和友誼是互斥的。

66 Amour, amour, quand tu nous tiens, on peut bien dire : Adieu prudence. (Jean de La Fontaine, *Le Lion Amoureux*)[16]
愛情，愛情，當你擒住我們時，咱們可以說：永別了！謹慎。

67 Il est difficile de définir l'amour. Dans l'âme c'est une passion de régner, dans les esprits c'est une sympathie, et dans le corps ce n'est qu'une envie cachée et délicate de posséder ce que l'on aime après beaucoup de mystères. (François de La Rochefoucauld, *Réflexions ou Sentences et Maximes morales*)[17]
愛是很難定義的。在靈魂中，這是一種統御的熱情，在精神上，這是一種同情，在肉體裡，這只是一個隱藏而微妙的渴望，去擁有一個我們愛的東西。

68 L'amour est poésie. Un amour naissant inonde le monde de poésie, un amour qui dure irrigue de poésie la vie quotidienne, la fin d'un amour nous rejette dans la prose. (Edgar Morin, *Les sept savoirs nécessaires à l'éducation du futur*)[18]
愛是詩歌。初生的愛情充滿了詩意的世界，持久的愛情則用詩歌灌溉了日常生活，愛情的盡頭將我們投入散文中。

---

15 Ibid.
16 La Fontaine, Jean, *Les Fables de Jean de la Fontaine*, Nantes : Edition ZTL, 2019.
17 de La Rochefoucauld, François, *Réflexions ou Sentences et maximes morales*, Paris : Albin Michel, 2014.
18 Morin, Edgar, *Les sept savoirs nécessaires à l'éducation du futur*, Paris : Seuil, 2000.

69 L'amour n'est rien d'autre que la suprême poésie de la nature. (Novalis, *Heinrich von Ofterdingen*)[19]
愛情不是別的，就是至高無上的大自然詩歌。

70 L'amour est une répétition sans fin. (Novalis, *Heinrich von Ofterdingen*)[20]
愛情是無止境的循環。

71 L'amour ne se prédit pas, il se construit. (Daniel Pennac, *Aux fruits de la passion*)[21]
愛情是無法預料的，它是建構而成的。

72 Qu'est-ce que l'amour ? Ce n'est pas l'excitation sexuelle. C'est le besoin de se trouver tous les jours dans la compagnie d'un corps qui n'est pas le sien. – Dans l'angle de son regard. – A portée de sa voix. (Pascal Quignard, *Vie secrète*)[22]
愛情是什麼？這不是性的衝動。而是需要每天在另一半的身體中找到自己。— 在他的眼角裡 — 在他的聲音中。

73 L'amour, c'est d'abord aimer follement l'odeur de l'autre. (Pascal Quignard, *Vie secrète*)[23]
愛情，就是首先要瘋狂地愛上對方的味道。

74 L'amour est une folie de l'échange. (Pascal Quignard, *Vie secrète*)[24]
愛是瘋狂的交換。

---

[19] Novalis, *Heinrich von Ofterdingen*, Paris : Éditions Aubier-Montaigne, 1992.
[20] Ibid.
[21] Pennac, Daniel, *Aux fruits de la passion*, Paris : Gallimard, 2000.
[22] Quignard, Pascal, *Vie Secrète*, Paris : Gallimard, 1999.
[23] Ibid.
[24] Ibid.

75 L’amour n’est pas un feu qu’on renferme en une âme : – Tout nous trahit, la voix, le silence, les yeux, – Et les feux mal couverts n’en éclatent que mieux. (Jean Racine, *Andromaque*)[25]

愛情不是我們用靈魂包住的火：是一切背叛我們的，聲音、沉默、雙眼——覆蓋不佳的火只會更激烈的爆發。

76 L’amour est un plat tonique. (Jean Richepin, *Les Caresses*)[26]

愛情是一份令人振奮的佳餚。

77 L’amour est une fumée faite de la vapeur des soupirs. (Shakespeare, *Roméo et Juliette*)[27]

愛情是嘆息的蒸氣形成的一縷青煙。

78 L’amour, c’est attendre quelqu’un depuis toujours… une aventure, c’est attendre quelqu’un seulement depuis qu’on le connaît. (Jérôme Touzalin, *Mentir y’a qu’ça d’vrai*)[28]

愛情就是總在等待某人……豔遇則是在認識某人之後才等待之。

79 L’amour n’est qu’une étape, un arrêt momentané sur la route de la vie. (Octave Uzanne, *Le bric-à-brac de l’amour*)[29]

愛情只是一個階段，人生道路上的一個短暫停歇。

---

[25] Racine, Jean, *Andromaque*, Paris : Larousse, 2003.
[26] Richepin, Jean, *Les Caresses*, South Carolina : Biblio Bazaar, 2009.
[27] Shakespeare, *Roméo et Juliette*, Paris : Le livre de poche, 2005.
[28] Touzalin, Jérôme, *Mentir y’a qu’ça d’vrai*, Paris : Cylibris, 2003.
[29] Uzanne, Octave, *Le bric-à-brac de l’amour*, Paris : Albin Michel, 2014.

80 L'amour consiste à être bête ensemble. (Paul Valéry, *Monsieur Teste*)[30]
愛情就是蠢在一起。

81 L'amour triomphe de tout. (Virgile, *Les Bucoliques*)[31]
愛情勝過一切。

---

[30] Valéry, Paul, *Monsieur Teste*, Pairs : Gallimard, 1978.
[31] Virgile, *Les Bucoliques*, Paris : Hachette, 1929.

The
chocolate
Cafe
chocolate
chocolate
Liqueurs

La Maxime de l'amour

愛情箴言

1. J’ai tenté de t’oublier un bon nombre de fois et je n’y suis jamais arrivée. Regarde, je suis encore en train de parler de toi.
我多次試著忘記你，但從未成功。瞧，我仍正在談到你。

2. Dans la guerre d’amour, le vainqueur est celui qui fait. (Proverbe italien)
在愛情戰爭中，勝利是屬於製造者。（義大利諺語）

3. L’amitié se finit parfois en amour, mais rarement l’amour en amitié. (Proverbe français)
友誼有時以愛情為結局，但愛情很少以友誼收場。（法國諺語）

4. L’amitié chez la femme est voisine de l’amour. (Thomas Moore)
女人的友誼是愛情的鄰居。

5. Refuser d’aimer par peur de souffrir c’est comme refuser de vivre par peur de mourir.
因害怕受苦而拒絕去愛，就如同因害怕死亡而拒絕生活下去。

6. Si tu aimes deux personnes en même temps, choisis la deuxième. Car si tu aimes vraiment la 1ère, tu n’aurais pas craqué pour la deuxième.
如果你同時愛上兩個人，選擇第二個吧。因為假如對第一個人是真愛，你就不會因第二個人而動搖了。

7. Parfois je souhaite redevenir un enfant, les genoux écorchés sont plus faciles à soigner qu’un cœur brisé.
有時我真希望變回小孩，擦傷的膝蓋遠比破碎的心容易癒合。

8. On ignore toujours ceux qui nous aiment, et on aime toujours ceux qui nous ignorent.
我們總是忽略真正愛我們的人，而愛著總是忽略我們的人。

9. Ce qui me manque dans ma vie c'est toi... C'est ton odeur, les mots d'amour sortant de ta bouche, ta respiration, ton sourire, la douceur de ta peau, la chaleur de ton corps, le son de ta voix, la douceur de tes mains...
我一生念茲在茲的就是妳……妳的味道、妳口中吐露的甜言蜜語、妳的呼吸、妳的微笑、妳如凝脂的肌膚、妳溫暖的身體、妳的聲音、妳那雙柔荑……

10. Mes mains servent à te toucher, mes bras à te protéger, mes yeux à te contempler, mon corps à te réchauffer et mon cœur à t'aimer...
我以雙手撫摸妳，我以雙臂保護妳，我以雙眼凝視妳，我以身軀溫暖妳，而我以心靈愛著妳……

11. Je suis en manque de toi, tu es ma drogue : je ne peux me passer de toi, de ton odeur, de ton dos, de ta bouche, de ta chaleur. Cette nuit va être longue.
我想你，你是我的迷藥：我不能沒有你、沒有你的味道、你的背脊、你的雙唇、你的溫度。今夜將很漫長。

12. Je t'embrasse là où tu préfères.
我親吻你想被親吻的地方。

13 Tu veux entrer dans ma vie ? La porte est ouverte.
Tu veux sortir de ma vie ? La porte est ouverte.
Mais je te prie d'une seule chose, ne reste pas devant la porte pour bloquer le passage.
你想走入我的生命嗎？門已開了。
你想離開我的生命嗎？門已開了。
但我只求你一件事，別擋在門口堵住別人的通道。

14 Ça te dit qu'on change les rôles ? Tu deviens fou de moi, et moi je m'en fous de toi.
我們交換角色好嗎？你變得為我癡狂，而我毫不在意你。

15 Chaque femme mérite un homme qui ruine son rouge à lèvres et non son mascara.
每個女人都值得一位毀了她口紅而非睫毛膏的男人。

16 Etre loin de toi me fait souffrir mais te voir avec un autre me fait mourir.
遠離你令我難受，但看著你和另一人在一起令我痛不欲生。

17 Ça prend une minute pour remarquer quelqu'un, une heure pour l'apprécier, une journée pour l'aimer, mais une vie pour l'oublier...
注意到一個人只需一分鐘，懂得欣賞他只需一小時，愛上他只需一天，但忘卻他卻需要一輩子……

18 Que tu es belle avant l'amour, je te désire tant ; que tu es belle pendant l'amour, je te désire longtemps ; que tu es belle après l'amour, je te désire tout le temps.
妳在愛情之前多麼美麗，我多麼愛妳；妳在愛情中多麼美麗，我長久希求妳；妳在愛情過後多麼美麗，我一直渴望妳。

19 Ma chérie, c'est toi qui donnes un sens à ma vie. Tu m'es aussi indispensable que l'oxygène que je respire. Tu es mon amie, mon amante, mon amour, ma confidente. Je t'aimerai toujours, quoi que l'avenir nous réserve, et jamais, jamais je ne te quitterai.

親愛的，是妳給了我生命的意義。妳如同我呼吸時不可或缺的氧氣。妳是我的朋友、我的情人、我的愛人、我的閨蜜。我永遠愛妳，不管未來如何，我絕對不會離開妳。

20 Loin de toi, mon amour est triste ; loin de toi, ma vie n'est qu'un long soupir.

遠離你，我的愛是悲傷的；遠離你，我的生命徒留一聲長嘆。

21 Je voudrais en ce moment t'avoir sur mes genoux, et couvrir ta bouche divine de baisers.

我希望妳此刻坐在我腿上，而我用吻覆蓋妳神聖的唇。

22 Il n'est pas de soleil sans l'éclat de ta chair, il n'est pas de nuit sans l'envie de tes bras.

沒有你肌膚的光澤，那就不是太陽；沒有你雙臂的慾望，那就不是夜晚。

23 Sur ton joli corps, j'écrirai des mots d'amour, pour que tu penses à moi toujours, toujours et encore.

在妳漂亮的軀體之上，我書寫愛情的文字，讓妳一直不斷地想念我，直到永遠。

24 Je ne puis vivre sans toi, tu es mon oxygène, le soleil qui réchauffe mon cœur, tu es tout pour moi.

沒有你我活不下去，你是我的氧氣，溫暖我心的太陽，你是我的全部。

25 Sans toi, mes journées sont sans soleil, ma solitude insupportable ; sans toi, mes nuits sont sans sommeil, mes rêves abominables.

沒有你，我的日子沒有陽光，我的孤寂令人難耐；沒有你，我夜晚孤枕難眠，我噩夢連連。

26 Vivre sans toi, c'est vivre sans joie, sans mon amour ; vivre loin de toi, c'est mourir un peu plus chaque jour.

沒有你的日子，活著了無生趣，沒有愛；遠離你的生活，是日益凋零。

27 Vivons l'instant présent, sans maudire le passé ; arrêtons les montres, bannissons les calendriers ; faisons que chaque moment soit une éternité, faisons que chaque seconde dure toute une vie : Toi et moi, nous deux, seuls en ce monde à l'infini.

讓我們活在當下，不詛咒過去；靜止鐘錶，去除日曆；讓此刻即像永恆，每一秒如同一生般長存：你和我，我倆，獨處於此無盡的世界裡。

28 Je me réveille plein de toi. Ton portrait et les souvenirs de notre première rencontre n'ont laissé de repos à mes sens. Ma douce et adorable, tu es seule dans mon coeur, tu occupes tout mon esprit : Je t'aime à l'infini.

我醒來滿腦子都是妳。妳的面龐和我們初相見的回憶令我無法停止思念。我的甜心，妳是我心中的唯一，妳占據我整個靈魂：我愛妳無極限。

29 Tu occupes tout mon cœur, jour et nuit, où que je sois : Ton homme qui t'aime d'amour.

妳占據了我整個心，日日夜夜，無論我在哪裡：愛妳的男人。

30 Je brûle de l'envie de te revoir. Reçois les mille et un baisers de l'amour le plus tendre et le plus passionné.
我熱切地想再見到妳。請接納最溫柔和最熱情的一千零一個愛之吻。

31 Tu es le soleil qui me réchauffe, la lumière qui m'éclaire ; tu es le feu qui m'embrasse, l'eau pure qui me désaltère.
你是溫暖我的太陽，照亮我的光芒；你是擁抱我的熱火，替我解渴的純水。

32 Tout en toi me plaît, et me fait craquer !
你的一切令我愉悅，並使我崩潰！

33 Mille baisers à la plus belle des fleurs : Je t'aime mon cœur.
一千個吻給最漂亮的花：我愛妳我的甜心。

34 Le seul bien qui peut me charmer, ce n'est ni l'or, ni les couronnes : c'est le don de t'aimer.
唯一能令我著迷的財富不是黃金也不是皇冠：是愛你的本事。

35 Il n'y a que quand je suis dans tes bras que je me sens chez moi.
只有在你的雙臂中時我才覺得像是回到了家。

36 Si ton cœur a froid, viens dans mes bras, ils sont de flamme.
如果你的心冷了，來我的雙臂裡吧，它們熱如火焰。

37 Je t’envoie dix millions de baisers que tu déposeras sur ton corps où tu voudras.
我寄給你一千萬個吻到你想要它們在你身上駐足的地方。

38 J’aime tes yeux, tes yeux mêlés d’amour et de fer ; j’aime tes yeux, tes yeux mêlés d’amour et d’enfer.
我愛你的雙眼，你的雙眼混和了堅定的愛意；我愛你的雙眼，你的雙眼混和了致命的愛意。

39 Tu as une grâce à faire plier mon cœur, et une voix à envoûter ma raison ; tu as un regard à faire fuir le crève-cœur, et un sourire à embellir mes saisons.
妳的優雅令我折服，妳有迷惑我理性的嗓音；妳有著趕走心碎的眼神，和美化我季節的微笑。

40 Sur tes douces lèvres salées sucrées, j’y dépose le mot : Éternité.
在你那鹹鹹甜甜的唇上，我寫下：「永恆」二字。

41 Ma chérie, toi que j’aime, je t’envoie ces petits mots doux que tu déposeras en pensant à moi, un à un, sur ton cou.
親愛的，我愛的妳，我向妳寄出這些甜言蜜語，好讓妳時常想起我，一個接一個，在妳的頸項。

42 Je t’envoie des baisers doux sur tes joues, des baisers chauds sur ton cou, des baisers sucrés sur tes lèvres.
我在妳的臉頰上送出輕柔的吻，在妳的頸部送出熱情的吻，在妳的雙唇上送出甜蜜的吻。

43 Plus tu es heureux, plus je le suis ; ton bonheur fait mon bonheur.
你越快樂，我就越開心；你的幸福造就我的幸福。

44 Si j'étais une larme je naîtrais de tes yeux pour caresser ta joue, et mourir sur tes lèvres.
如果我是從妳眼中生出的淚珠，那只是為了輕拂妳的臉頰，並在妳的唇上死去。

45 Grâce à toi, tous mes rêves d'amour, même les plus insensés, sont devenus une réalité.
多虧了你，我所有的愛情美夢，甚至最荒誕的夢，都成了事實。

46 Un homme tombe amoureux avec ses yeux, une femme avec ses oreilles.
男人透過眼睛墜入愛河，女人則透過耳朵墜入愛河。

47 On dit que l'amour se trouve à chaque coin de rue... alors je dois vivre sur un rond-point.
人們說愛情就在每個街角……那麼我應該住在圓環。

48 Il n'y a qu'un remède à l'amour : aimer davantage.
只有一種治癒愛情的方法：愛得更多。

49 On demande à un couple le secret de la longévité de leur amour qui dure depuis plus de 60 ans. La femme répond : Nous sommes nés à une époque où lorsque quelque chose se casse on le répare mais on ne le jette pas.
人們向一對相愛超過 60 年的戀人詢問愛情長存的祕密。婦人回答：我們生於一個會修復破損東西的年代，我們不會丟掉它。

50 Je suis en couple avec le célibat, jusqu'à ce que l'amour nous sépare.
我與單身是一對，直到愛情將我們分開。

51 Love à l'envers ça fait vélo. Le rapport ? Ils sont tous les deux casse-gueule.
顛倒的愛是自行車。它們有何關聯？它們都讓人摔個狗吃屎。

52 Maman, moi je suis ton amour, et Papa ton amoureux. (Mots d'enfants)
媽媽，我是妳的愛，爸爸是妳的愛人。

53 Faire l'amour, pas la guerre. (Slogan 1968)
做愛，不做戰。

54 Les talons hauts ont été inventés par une femme qu'on embrassait toujours sur le front. (Marcel Achard)
高跟鞋是一位永遠只被親吻到額頭的女人發明的。

55 Aimer, c'est trouver sa richesse hors de soi. (Alain)
愛，是在自己之外找到豐盈。

56 La vie est trop courte pour le gaspiller à poursuivre un amour impossible. (Henri-Frédéric Amiel)
人生苦短，不值得虛擲光陰去追尋不可能的愛。

57 En amour, il y a un temps pour plonger, mais il faut attendre que la piscine se remplisse si l'on ne veut pas plonger dans un bain de pied. (Fanny Ardant)
在愛情裡，有一段潛水期，但如果不想要在足浴池潛水，就需要等到游泳池水填滿。

58 Un bon mari ne se souvient jamais de l'âge de sa femme mais de son anniversaire, toujours. (Jacques Audiberti)

一個好丈夫絕不會記得他太太的年齡，但永遠記得她的生日。

59 C'est par l'amour qu'on demande, qu'on cherche, qu'on connaît. Aime donc et fais ce que tu veux. (Saint Augustin)

我們透過愛來詢問、找尋、認識。因此，去愛吧，並做你想做的事。

60 Il y a dans l'acte d'amour une grande ressemblance avec la torture ou avec une opération chirurgicale. (Charles Baudelaire)

愛的行動，和折磨或外科手術有極大的相似處。

61 Les petits cadeaux entretiennent l'amitié ; les grands maintiennent l'amour. (Decoly)

小禮物可以增進友誼；大禮物則可維持愛情。

62 J'ai un truc pour se souvenir de la date d'anniversaire de votre femme : il suffit de l'oublier une fois. (Michel Galabru)

我有個訣竅能讓你牢牢記住老婆的生日：只需忘記一次。

63 L’enfer, c’est de ne plus aimer. Tant que nous sommes en vie, nous pouvons nous faire illusion, croire que nous aimons par nos propres forces, que nous aimons hors de Dieu. Mais nous ressemblons à des fous qui tendent les bras vers le reflet de la lune dans l’eau. (Georges Bernanos)

地獄是不再喜愛。只要我們活著，我們就可以幻想，相信我們因愛的力量相愛，而我們沒有神也能愛。但我們卻如傻子般伸長手朝水中撈月。

64 Une grande aversion présente est souvent le seul signe d’un grand amour passé. (Saint Beuve)

今天的大反感經常是過往偉大愛情的唯一訊號。

65 Les femmes qui nous aiment pour notre argent sont bien agréables : on sait au moins ce qu’il faut faire pour les garder. (Francis Blanche)

為了錢而愛我們的女人們是多麼可愛啊：至少我們知道怎麼做才能留住她們。

66 Après l’amour, 10% des hommes se retournent sur le côté droit et s’endorment, 10% de même sur le côté gauche. Les autres se rhabillent et rentrent chez eux. (Francis Blanche)

做愛後，10% 的男人朝右側睡著，10% 的男人朝左側睡著。其餘的穿好衣服後回家。

67 Pour être heureux, il faut souvent très peu de choses : un peu d’espoir, beaucoup d’amour... parce que naisse un roman, simplement quelques mots... (Francis Blanche)

要幸福，通常只需要少許東西：一點希望、很多的愛……因為一本小說只需要幾個字就可以誕生了。

68 La pâtisserie et l'amour, c'est pareil – une question de fraîcheur et que tous les ingrédients, même les plus amers, tournent au délice. (Christian Bobin)
甜點和愛情一樣，是新鮮度的問題，即便是最苦的食材，都變得可口。

69 Il semble que l'amour ne cherche pas les perfections réelles ; on dirait qu'il les craint. Il n'aime que celles qu'il crée, qu'il suppose ; il ressemble à ces rois qui ne reconnaissent de grandeurs que celles qu'ils ont faites. (Sébastien-Roch Nicolas de Chamfort)
似乎愛情不求真正的完美，有人說它害怕完美。它只喜歡它創造的完美。它像國王，只認得它們所造就的豐功偉績。

70 L'amour plaît plus que le mariage, par la raison que les Romans sont plus amusants que l'Histoire. (Sébastien-Roch Nicolas de Chamfort)
愛情比婚姻討喜，因此小說比歷史有趣。

71 Les seuls beaux yeux sont ceux qui vous regardent avec tendresse. (Coco Chanel)
唯一美麗的眼睛是溫柔地看著你的雙眸。

72 Le meilleur moment de l'amour, c'est quand on monte l'escalier. (Georges Clemenceau)
愛情最美好的時刻，就是當我們上樓梯時。

73 Ecrire est un acte d'amour. S'il ne l'est pas, il n'est qu'écriture. (Jean Cocteau)
書寫是一種愛情行動。如果不是愛情行動的話，那只是文字。

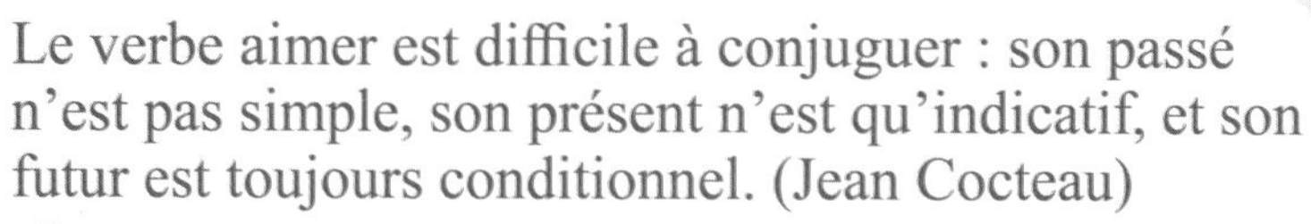

74 Le verbe aimer est difficile à conjuguer : son passé n'est pas simple, son présent n'est qu'indicatif, et son futur est toujours conditionnel. (Jean Cocteau)

「愛」這個動詞很難做變化：它的過去不簡單、現在只是直陳式、而未來總是有條件的。

75 Sont vulgaires les mecs qui chantent l'amour devant le monde et se cachent pour le faire. (Coluche)

在世人面前歌頌愛情但卻躲著做愛的男人最低俗。

76 Le baiser est en amour ce qu'est le thermomètre en médecine. Sans lui, on ne se rendrait jamais exactement compte de la gravité de son état. (Pierre Daninos)

吻之於愛情就如溫度計於醫學。沒有它，我們永遠不知道自己情況嚴重的程度。

77 Préservatif : accessoire de l'amour masqué. (Pierre Daninos)

保險套：蒙面愛情的配件。

78 Ce n'est pas parce que l'homme a soif d'amour qu'il doit se jeter sur la première gourde. (Pierre Desproges)

一個男人渴求愛情並不意味他應撲向任何一個傻大姊。

79 C'est pour satisfaire les sens qu'on fait l'amour ; et c'est pour l'essence qu'on fait la guerre. (Raymond Devos)

是為了追求感官滿足我們才做愛；是為了追求石油我們才發動戰爭。

80. L’absence de tes yeux devant les miens, de ton visage proche du mien, de tes lèvres contre les miennes est pour moi le début d’une agonie amoureuse. (Anatole France)
在我眼前沒有你的雙眼，沒有你的臉靠近我的臉，沒有你的唇貼著我的唇，對我來說是啟動了愛的折磨。

81. La haine tue toujours, l’amour ne meurt jamais. (Gandhi)
仇恨會殺人，但愛永不滅。

82. L’idéal étant d’arriver à partager son amour avec quelqu’un qui a du pognon. (Philippe Geluck)
理想的是能與有錢人分享你的愛情。

83. Il faut se ressembler un peu pour se comprendre, mais il faut être un peu différent pour s’aimer. (Paul Géraldy)
要互相理解必須要彼此有點相像，但要相愛就必須要彼此有點不同。

84. Chaque jour je t’aime davantage, aujourd’hui plus qu’hier et bien moins que demain. (Rosemonde Gérard)
每過一日我就更愛你，今天勝過昨日但遠不及明天。

85. On pardonne un jour tous les faits de guerre. – On n’oublie guère les effets de l’amour. (Jean-Jacques Goldman)
有一天我們將原諒戰爭的行為。但我們不會遺忘愛情的影響。

86 On ne raconte pas l'amour pas plus qu'on ne raconte le bonheur. (Julien Green)
我們不談論愛情不多過於我們談論幸福。

87 La meilleure odeur est celle du pain, le meilleur goût, celui du sel, le meilleur amour, celui des enfants. (Graham Greene)
最好的氣味是麵包的氣味，最佳的味道是鹽巴的味道，最棒的愛是孩子的愛。

88 Ne faites jamais l'amour le samedi soir, car s'il pleut le dimanche, vous ne saurez plus quoi faire. (Sacha Guitry)
千萬別在星期六晚上做愛，因為若星期天下雨，你們將不知該做什麼。

89 Le meilleur moyen de faire tourner la tête d'une femme, c'est de lui dire qu'elle a un joli profil. (Sacha Guitry)
讓一個女人回頭的最好方法，就是告訴她她側面很美。

90 L'homme aime peu et souvent. Femme beaucoup et rarement. (Victor Hugo)
男人愛的少但頻繁。女人愛的多但鮮少。

91 La vie est une fleur dont l'amour est le miel. (Victor Hugo)
生命是花朵，而愛情是花蜜。

92 Sans l'amour rien ne reste d'Eve ; l'amour, c'est la seule beauté. (Victor Hugo)
沒有愛情，夏娃將一無所有，有愛最美。

93 Le premier symptôme de l'amour vrai chez un jeune homme c'est la timidité, chez une jeune fille c'est la hardiesse. (Victor Hugo)
年輕男子的真愛第一症狀，就是害羞，年輕女子的真愛第一症狀則是大膽。

94 Ne croyez pas que le chocolat soit un substitut à l'amour… L'amour est un substitut au chocolat. (Miranda Ingram)
不要以為巧克力是愛情的替代品……愛情可以取代巧克力。

95 Qui me prend pour un cinglé n'a pas vraiment aimé. Les fous sont ceux qui oublient de l'être par amour. (Alexandre Jardin)
把我當瘋子的人沒愛過。傻子是那些因愛而忘我的人。

96 La passion à perpétuité c'est une idée d'adolescent. La passion n'a pas grand-chose à voir avec l'amour. (Alexandre Jardin)
永恆的熱情是青少年的想法。熱情與愛情沒什麼關聯。

97 Il est plus ordinaire de voir un amour extrême qu'une parfaite amitié. (Alfred Jarry)
看到極端的愛比完美的友誼更平常。

98 Toute existence tire sa valeur de la qualité de l'amour : « Dis-moi quel est ton amour et je te dirai qui tu es ». (Jean-Paul II)
一切存在的價值源於愛：「告訴我你的愛是什麼，我將告訴你你是誰。」

99 En amour, le rapport de forces n'est pas une conquête, c'est un naufrage. (Olivier de Kersauson)
在愛情中，力量的抗衡不是征服，而是滅頂。

100 Pour qu'un amour soit inoubliable, il faut que les hasards s'y rejoignent dès le premier instant. (Milan Kundera)
為了使愛情永生難忘，必須從一開始就與偶然結合。

101 Les hommes commencent par l'amour, finissent par l'ambition, et ne se trouvent souvent dans une assiette plus tranquille que lorsqu'ils meurent. (Jean de La Bruyère)
人從愛情起始，因野心而結束，至死方休。

102 Tout est mystère dans l'Amour. (Jean de La Fontaine)
在愛情裡，一切都是奧祕的。

103 Tout l'univers obéit à l'Amour ; – Aimez, aimez, tout le reste n'est rien. (Jean de La Fontaine)
整個宇宙都臣服於愛情：去愛，去愛，其餘的什麼都微不足道。

104 Il n'y a point de déguisement qui puisse longtemps cacher l'amour où il est, ni le feindre où il n'est pas. (François de La Rochefoucauld)
愛情無法長期隱瞞它的存在，也無法假裝它不存在。

105 Un homme peut être amoureux comme un fou, mais non pas comme un sot. (François de La Rochefoucauld)
男人可以像瘋子一樣戀愛，但不能像個蠢蛋。

106 Est-ce que vous vous êtes aperçu à quel point il est rare qu'un amour échoue sur les qualités ou les défauts réels de la personne aimée ? (Jacques Lacan)
您是否察覺到，因愛人的優缺點而失敗的愛情是多麼罕見？

107 Ils sont bien heureux, ceux qui ne sont malheureux que par amour. (Géraldy Paul Lefèvre)
他們很幸福，那些只因愛情而不快樂的人們。

108 En amour, il n'y a que les commencements qui soient charmants. Je ne m'étonne pas qu'on trouve du plaisir à recommencer souvent. (Charles-Joseph de Ligne)
在愛情裡，只有開頭最迷人。因此我一點也不驚訝人們經常樂意重新開始。

109 À la guerre et en amour, il faut savoir ce que l'on veut. Les demi-partis sont détestables. Les repentirs sont pitoyables. Qu'on combatte et qu'on aime par instinct ; qu'on choisisse pour ces deux genres un beau champ de bataille ; et que la raison, appelée par cet instinct qu'elle ne peut pas détruire, et qu'on n'appelle instinct qu'à cause de cela, vienne en diriger les opérations. (Charles-Joseph de Ligne)
戰事與戀愛中，都必須知道自己要的是什麼。加入一半者令人討厭，後悔者好可憐。我們戰鬥我們愛是出於本能，我們為它們選擇美好戰場，本能告知不能摧毀理智，因此我們只召喚本能來執行任務。

110 L'amour libre, la seule chose gaie et bonne au monde. (Guy de Maupassant)
自由的愛，是世界上唯一快樂美好的事物。

111 Le baiser frappe comme la foudre, l'amour passe comme un orage, puis la vie, de nouveau, se calme comme le ciel, et recommence ainsi qu'avant. Se souvient-on d'un nuage ? (Guy de Maupassant)
親吻像閃電一般，愛情像暴雨一般，然後生活又如天空一樣重新平靜下來，像從前一樣重新開始。記得那片雲嗎？

112 Combien peu d'amours trouvent en elles-mêmes assez de force pour demeurer sédentaires ! (François Mauriac)
極少數愛情找到足夠力量足不出戶！

113 Je ne suis pas jaloux de ton passé, c'est ton avenir que je veux. (André Maurois)
我不嫉妒你的過去，我要的是你的未來。

114 Avant le mariage, une femme doit faire l'amour à un homme pour le retenir. Après le mariage, elle doit le retenir pour lui faire l'amour. (Marilyn Monroe)
婚前，女人得和男人做愛才能把他留住；婚後，她得留住他才能和他做愛。

115 Baiser de la bouche et des lèvres – Où notre amour vient se poser, – Plein de délices et de fièvres, – Ah ! j'ai soif, j'ai soif d'un baiser ! (Gérard de Nerval)
嘴和唇的吻——我們的愛停留在那裡，充滿了甜美與狂熱，啊！我渴望，我渴望一個吻！

116 Ce qui me bouleverse, ce n'est pas que tu m'aies menti, c'est que désormais, je ne pourrai plus te croire. (Eriedrich Nietzsche)
令我震驚的不是你騙我，而是從此我再也不能相信你了。

117 Mon amour s'est transformé en flamme, et cette flamme consomme peu à peu ce qui est terrestre en moi. (Novalis)
我的愛轉化成火焰，這火焰逐漸消耗世俗的我。

118 Plus l'amour est nu, moins il a froid. (John Owen)
愛越赤裸，就越不寒冷。

119 Vouloir oublier quelqu'un, c'est y penser tout le temps. (Katherine Pancol)
想要忘掉某個人，就是無時無刻想著他。

120 Aimer, c'est donner. Plus grand est le don, plus grand est l'amour. (Fernando Pessõa)
愛情就是付出。付出越多，愛情就越偉大。

121 Aimer, ce n'est pas se regarder l'un l'autre, c'est regarder ensemble dans la même direction. (Antoine de Saint-Exupéry)
愛，不是彼此凝視，而是一起朝同一方向看。

122 Hier, sans toi, c'était la mort ; aujourd'hui, avec toi, c'est la vie. (Edgar Quinet)
昨晚，沒有你，那是死亡；今天，和你一起，這是生命。

123 Il n’y a pas d’amour, il n’y a que des preuves d’amour. (Pierre Reverdy)
沒有愛情，只有愛的證據。

124 Le monde a soif d’amour : tu viendras l’apaiser. (Arthur Rimbaud)
世人渴望愛情：你將會來撫慰它。

125 Une femme est une spécialiste de l’amour. Un homme, un simple généraliste. (Helen Rowland)
女人是愛情的專家。男人只是個普通的家庭醫生。

126 Coucher avec un vieux, quelle horreur ! Mais avec un jeune, quel travail ! (Alice Sapritch)
和一個老頭上床，多可怕啊！但和一個年輕人上床，多累人啊！

127 Comme il n’est pas aisé de cacher le feu, il n’est pas facile de cacher l’amour. (Madeleine de Scudéry)
就如同藏住火不容易，藏住愛也不簡單。

128 L’amour des jeunes gens en vérité n’est pas dans leur cœur mais plutôt dans leurs yeux. (Shakespeare)
事實上年輕人的愛並不在他們心中，而在他們眼裡。

129 Ce que l’amour peut faire, l’amour ose le tenter. (Shakespeare)
愛情能做的，就是勇於嘗試。

130 Le secret du bonheur en amour, ce n’est pas d’être aveugle mais de savoir fermer les yeux quand il le faut. (Simone Signoret)
在愛情中幸福的祕密，不是盲目，而是要在必要時閉上眼睛。

131 A part les singes, tous les animaux refusent de faire l’amour face à face. Ils doivent pressentir que le derrière se ride moins vite que le visage. (Sim)
除了猴子之外，所有動物都拒絕面對面做愛。牠們應該預知到屁股比臉更慢起皺紋。

132 Tous les amoureux ont douze ans, d’où la fureur des adultes. (Philippe Sollers)
所有的戀人都十二歲，這正是成人的狂戀時刻。

133 Seul un sot voudrait se mesurer au dieu de l’Amour, l’amour ne suit que sa voie avec les dieux eux-mêmes. Alors pourquoi pas avec moi ? (Sophocle)
只有傻瓜才會想與愛神抗衡。愛只與神同行。是以何不跟我在一起呢？

134 Mes amours ? Je me suis éprise. Je me suis méprise. Je me suis reprise. (Cécile Sorel)
我的情史？我戀愛了，我搞錯了，我康復了。

135 Quand les riches font l’amour, ils ont énormément de plaisir ; quand les pauvres baisent, ils ont énormément de gosses. (Partick Timsit)
當有錢人做愛時，他們會有極大的愉悅；當窮人做愛時，他們會有好多的孩子。

136 Il suffit d'un regard, – D'un aveu, d'une chanson – Pour comprendre l'amour. – Il suffit de ces riens – Pour faire des beaux jours. (Charles Trenet)

只需一個眼神、一個告白、一首歌──來了解愛情。只消這些無關緊要的小東西，就可成就美好時光。

137 Hélas ! Combien je croyais savoir – D'amour, et combien peu j'en sais ! (Bernard de Ventadour)

天啊！我以為我懂得很多。有關愛情，我知道的可少了。

138 La vanité ruine plus de femmes que l'amour. (Deffand Marie de Vichy-Chamrond)

虛榮心毀掉的女人多於愛所毀掉的。

139 Seul l'amour peut garder quelqu'un vivant. (Oscar Wilde)

只有愛情才能使人生氣蓬勃。

140 L'homme veut être le 1er amour de la femme, alors que la femme veut être le dernier amour de l'homme. (Oscar Wilde)

男人想要當女人的初戀，而女人想要當男人的歸宿。

141 La seule façon de se comporter avec une femme est de faire l'amour avec elle si elle est jolie, et avec une autre si elle ne l'est pas. (Oscar Wilde)

對待女人的唯一方式就是和她做愛，如果她很漂亮。也可和另一位，如果她不美的話。

142 En amour, il n'y a que le premier faux pas qui coûte. (Albert Willemetz)

在愛情裡，只有錯誤的第一步付出代價最大。

La Belle citation littéraire

文學雋詠

I. La Séduction
誘惑

1. Tu es ce qu'il y a de plus beau sous le ciel. (Honoré de Balzac, *La fille aux yeux d'or*)[1]
你是天空下最美的。

2. Tu es la plus belle chose qui me soit jamais arrivée. (Marc Lévy, *Toutes ces choses qu'on ne s'est pas dites*)[2]
你是我經歷過最美好的事。

3. Couvrez ce sein que je ne saurais voir. (Molière, *Tartuffe*)[3]
請遮住我不該看見的酥胸。

---

1 de Balzac, Honoré, *La Fille aux yeux d'or*, Paris : Flammarion, 1990.
2 Lévy, Marc, *Toutes ces choses qu'on ne s'est pas dites*, Paris : Pocket, 2018.
3 Molière, *Tartuffe*, Paris : J'ai lu, 2004.

II. Les Stratégies amoureuses
愛情心機

1. On disait trois fois à une femme qu'elle était jolie, car il n'en fallait pas plus : dès la première, assurément elle vous croyait, vous remerciait à la deuxième, et assez communément vous en récompensait à la troisième. (Crébillon Fils, *Les Egarements du coeur et de l'esprit*)[4]
要對一個女人說三遍她很美，因為不該再多說：第一次，她會相信，第二次會感謝你，第三次則幾乎會予以回報。

2. L'homme cherche, la vierge attend, la femme attire. (Victor Hugo, *La Légende des siècles*)[5]
男人尋找，處女等待，女人則去吸引人。

3. L'amour est une chasse où le chasseur doit se faire poursuivre par le gibier. (Alphonse Karr, *Les Guêpes*)[6]
愛情是種狩獵，獵人應故意讓獵物追隨。（欲擒故縱嘛！）

4. La plupart des femmes se rendent plutôt par faiblesse que par passion. (François de La Rochefoucauld, *Réflexions ou Sentences et maximes morales*)[7]
大部分女人往往因軟弱而投降而非因熱情。

---

[4] de Crébillon, Claude-Prosper, *Les égarements du cœur et de l'esprit*, Paris : Flammarion, 1993.
[5] Hugo, Victor, *La Légende des siècles*, Paris : Maison Quantin, 1990.
[6] Karr, Alphonse, *Les Guêpes*, South Carolina : Nabu Press, 2012.
[7] de La Rochefoucauld, François, *Réflexions ou Sentences et maximes morales*, Paris : Albin Michel, 2014.

5. Ou vous avez un rival, ou vous n'en avez pas. Si vous en avez un, il faut plaire pour lui être préféré ; si vous n'en avez pas, il faut encore plaire pour éviter d'en avoir. (Pierre Choderlos de Laclos, *Les Liaisons dangereuses*)[8]
   您或許有個情敵，或許沒有。假如您有，要盡量取悅她好爭寵；假如沒有，更要取悅她以免她會有情人。

6. Cueillez la grappe pendant qu'elle prend, on ne fait pas toujours vendange. (Marivaux, *Télémaque travesti*)[9]
   採摘葡萄時別錯過，不是永遠都是採葡萄季。（花開堪折直須折）

7. Le cœur a ses raisons que la raison ne connaît point. (Blaise Pascal, *Pensées*)[10]
   內心具理性，但理性不認識它。

8. Si vous voulez plaire aux femmes, dites-leur ce que vous ne voudriez pas qu'on dise à la vôtre. (Jules Renard, *Journal*)[11]
   如果您想取悅女人，那就對她們說您不願意人家對您老婆說的話。

9. Les femmes extrêmement belles étonnent moins le second jour. (Stendhal, *De l'amour*)[12]
   絕世美女次日令人不那麼驚豔。

---

8 de Laclos, Pierre Choderlos, *Les liaisons dangereuses*, Paris : Le livre de poche, 2001.

9 Marivaux, *Le Télémaque Travesti*, Genève : Droz, 1956.

10 Pascal, Blaise, *Pensées*, Paris : Le livre de poche, 2000.

11 Renard, Jules, *Journal*, Paris : Edition Robert Laffont, 1990.

12 Stendhal, *De l'amour*, Paris : Gallimard, 1980.

III. Le Plaisir des sens
感官之樂

1. Il ne faut pas courir deux lèvres à la fois. (Honoré de Balzac)[13]
別一張嘴踏兩片唇。

2. Boire sans soif et faire l'amour en tout temps, madame, il n'y a que ça qui nous distingue des autres bêtes. (Beaumarchais, *Le Mariage de Figaro*)[14]
女士，我們和野獸不同的是，口不渴也喝和隨時可做愛。

3. Ce soir, près de toi, mes lèvres ne sauront plus trouver que des baisers. (André Gide, *Isabelle*)[15]
今晚，在妳身旁，我的雙唇只曉得找到親吻。

4. Mille baisers sur tes beaux yeux. (Émile Zola, *Nana*)[16]
一千個吻在你美麗的雙眸上。

---

[13] 法文片語：courir deux lièvres à la fois（同時追兩隻野兔），此處作者在玩文字遊戲。
[14] Beaumarchais, *Le Mariage de Figaro*, Paris : J'ai lu, 2004.
[15] Gide, André, *Isabelle*, Paris : Gallimard, 1972.
[16] Zola, Émile, *Nana*, Paris : Gallimard, 2017.

IV. L'Amour
愛情

1. Quand on aime, on aime toujours trop. (Marcel Achard, *Gugusse*)[17]
當我們戀愛時，我們總是愛得太多。

2. Si l'amour n'était pas la plus noble des passions, on ne le donnerait pas pour excuse à toutes les autres. (Marcel Achard, *Je ne vous aime pas*)[18]
如果愛情沒有比熱情更高貴，我們不會給愛情藉口。

3. Il n'y a pas d'amour perdu. (Marcel Achard, *Le Corsaire*)[19]
沒有所謂失敗的愛情。

4. Il est temps d'instaurer la religion de l'amour. (Louis Aragon, *Le Paysage de Paris*)[20]
此刻該樹立愛情的宗教了。

5. Il est plus facile de mourir que d'aimer. – C'est pourquoi je me donne le mal de vivre. Mon amour. (Louis Aragon, *Les Yeux d'Elsa*)[21]
死亡比相愛容易，因此我努力活著，親愛的。

---

[17] Achard, Marcel, *Gugusse*, Paris : La Table Ronde, 1969.
[18] Achard, Marcel, *Je ne vous aime pas*, Paris : Gallimard, 1926.
[19] Achard, Marcel, *Le Crosaire*, Paris : Gallimard, 1938.
[20] Aragon, Louis, *Le Paysage de Paris*, Paris : Gallimard, 1926.
[21] Aragon, Louis, *Les Yeux d'Elsa*, Paris : Seghers, 2012.

6. En étrange pays ou dans mon pays lui-même – Je sais bien ce que c'est qu'un amour malheureux. (Louis Aragon, *Les Yeux d'Elsa*)[22]
在陌生的國度或在我的國家——我知道什麼是不幸的愛情。

7. Je n'ai connu l'amour que par toi. (Honoré de Balzac, *La femme abandonnée*)[23]
因為你，我才認識了愛情。

8. Le couple heureux qui se reconnaît dans l'amour défie l'univers et le temps ; il se suffit, il réalise l'absolu. (Simone de Beauvoir, *Le Deuxième Sexe*)[24]
幸福的愛侶彼此在愛情中和宇宙、時間相識，這就足夠，它實現了絕對。

9. C'est peu d'être poète, il faut être amoureux. (Nicolas Boileau, *Art poétique*)[25]
成為詩人不難，你必須要戀愛。

10. Un homme amoureux est un homme qui veut être plus aimable qu'il ne peut ; et voilà pourquoi tous les amoureux sont ridicules. (Nicolas de Chamfort, *Maximes et Pensées*)[26]
一個戀愛中的人是一個想要當再和藹可親不過的人，這就是為何所有戀愛中的人都是可笑的。

---

22 Ibid.
23 de Balzac, Honoré, *La Femme Abandonnée*, Paris : Le livre de poche, 2014.
24 de Beauvoir, Simone, *Le Deuxième Sexe*, Paris : Gallimard, 1986.
25 Boileau, Nicolas, *Art Poétique*, Paris : Hachette, 2013.
26 de Chamfort, Sébatien Nicolas, *Maximes et Pensées*, Paris : Gallimard, 2001.

11 Quel sublime enfantillage que l'amour ! (Alexandre Dumas fils, *La Dame aux camélias*)[27]
愛情是多麼崇高的兒戲！

12 Il n'est pas d'amour qui résiste à l'absence. (Anatole France, *La Rôtisserie de la reine Pédauque*)[28]
沒有任何愛情可以抵擋缺席。

13 Le plus grand bonheur après que d'aimer, c'est de confesser son amour. (André Gide, *Journal*)[29]
愛過最大的幸福，就是承認愛情。

14 A Paris, quand on croise une femme dans la rue et qu'on la regarde, on commet presque une infidélité. Regarder une Française et être vu par elle, on dirait qu'on ébauche un roman d'amour ! (Sacha Guitry, *Je t'adore*)[30]
在巴黎，當我們在路上與一位女子擦身而過並看她的時候，我們幾乎犯下了不忠。看一位法國女人和被看，我們會說這是在起草一部愛情小說。

15 Le bonheur, ce n'est pas d'être aimé. Chaque être humain a de l'amour pour lui-même, et pourtant, ils sont des milliers à vivre une existence de damnée. Non, être aimé ne donne pas le bonheur. Mais aimer, ça c'est le bonheur ! (Hermann Hesse, *Klein et Wagner*)[31]
幸福，不是被愛。每個人有自己的愛，然而，有成千上萬的人活在痛苦中。不，被愛不會帶來幸福。但愛，就是幸福。

---

27 Dumas fils, Alexandre, *La Dame aux camélias*, Paris : Le livre de poche, 1975.
28 France, Anatole, *La Rôtisserie de la reine Pédauque*, Paris : Gallimard, 1989.
29 Gide, André, *Journal*, Paris : Gallimard, 2012.
30 Guitry, Sacha, *Je t'adore*, Paris : Hachette, 1958.
31 Hesse, Hermann, *Klein et Wagner*, Frankfurt : Suhrkamp, 1957.

16 En amour, tel mot, dit tout bas, est un mystérieux baiser de l'âme à l'âme. (Victor Hugo, *Océan prose*)[32]
相愛，低聲地說，就是靈魂之間神祕的吻。

17 Il n'y a qu'une sorte d'amour, mais il y a mille différentes copies. (François de La Rochefoucauld, *Réflexions ou Sentences et Maximes morales*)[33]
只有一種愛，但有上千種不同的副本。

18 Il est du véritable amour comme de l'apparition des esprits : tout le monde en parle, mais peu de gens en ont vu. (François de La Rochefoucauld, *Réflexions ou Sentences et Maximes morales*)[34]
真正的愛就像幽靈出現：所有人談論之，但很少人看到它。

19 La prudence et l'amour ne sont pas faits l'un pour l'autre : à mesure que l'amour croît, la prudence diminue. (François de La Rochefoucauld, *Réflexions ou Sentences et maximes morales*)[35]
謹慎和愛情並非天作之合：當愛情增長，謹慎便消退。

---

[32] Hugo, Victor, *Océan Prose*, Paris : Edition Robert Laffont, 2002.
[33] de La Rochefoucauld, François, *Réflexions ou Sentences et maximes morales*, Paris : Albin Michel, 2014.
[34] Ibid.
[35] Ibid.

20 Que me font ces vallons, ces palais, ces chaumières, Vains objets dont pour moi le charme est envolé ? Fleuves, rochers, forêts, solitudes si chères, Un seul être vous manque, et tout est dépeuplé ! (Alphonse de Lamartine, *Le Lac*)[36]

這些山谷、宮殿、茅草屋對我做了什麼，這些東西對我而言已魅力盡失？河流、岩石，森林，如此珍貴的孤獨，只想念某人，其他人似乎都不存在了！

21 L'amitié est plus souvent une porte de sortie qu'une porte d'entrée de l'amour. (Gustave Le Bon, *Aphorisme du temps présent*)[37]

友情通常是愛情的出口而非入口。

22 J'aime la nuit avec passion. Je l'aime comme on aime son pays ou sa maîtresse, d'un amour instinctif, profond, invincible. (Guy de Maupassant, *Nouvelles fantastiques II, La Nuit*)[38]

我熱愛夜晚。我愛它就像人們愛自己的國家或女人一樣，是一種本能的、深刻的、無敵的愛。

23 En amour, être français, c'est la moitié du chemin. (Paul Morand, *L'Europe galante*)[39]

在愛情裡，身為法國人，就在道路的一半了。

---

36 de Lamartine, Alphonse, *Le Lac*, Paris : Hachette, 2018.
37 Le Bon, Gustave, *Aphorisme du temps présent*, Paris : Flammarion, 1913.
38 de Maupassant, Guy, *Nouvelles Fantastiques*, Paris : France Loisirs, 2001.
39 Morand, Paul, *L'Europe Galante*, Paris : Le livre de poche, 2000.

24. La vie est une cerise – La mort est un noyau – L'amour un cerisier. (Jacques Prévert, *Histoires*)[40]
生是櫻桃——死是核——愛情則是櫻桃樹。

25. Rien ne naît que d'amour, et rien ne se fait que d'amour ; seulement il faut tâcher de connaître les différents étages de l'amour. (Charles Ferdinand Ramuz, *Chant de notre Rhône*)[41]
除了愛，沒有什麼是天生的，沒有任何東西不是由之構成的，只是我們必須嘗試去認識愛情的不同階段。

26. Etre amoureux, c'est voir dans celui ou dans celle qui vous aime ce qu'on y souhaite, et non pas ce qu'on y trouve. (Paul Reboux, *Le Nouveau Savoir-Ecrire*)[42]
戀愛，就是在我們所愛的人中看到我們期望的，而不是看到我們認為的。

27. Un seul amour, ce n'est pas assez. Deux amours, c'est trop. (Robert Sabatier, *Le livre de la déraison souriante*)[43]
唯一的愛不夠，兩份愛情就太多了。

28. Je ne dirai pas les raisons que tu as de m'aimer. Car tu n'en as point. La raison d'aimer, c'est l'amour. (Antoine de Saint-Exupéry, *Citadelle*)[44]
我不會說妳愛我的理由。因為妳沒有。相愛的理由就是愛情。

---

[40] Prévert, Jacques, *Histoires*, Paris : Gallimard, 1972.
[41] Ramuz, C. F., *Chant de notre Rhône*, Genève : Georg éditeur, 1920.
[42] Reboux, Paul, *Le Nouveau savoir-écrire*, Paris : Flammarion, 2001.
[43] Sabatier, Robert, *Le livre de la déraison souriante*, Paris : Albin Michel, 1991.
[44] de Saint-Exupéry, Antoine, *Citadelle*, Paris : Gallimard, 2000.

29

Tu pars ainsi ? Mon amour seigneur, mon époux ami !
Je veux aussi de tes nouvelles à toute heure chaque jour
Car en une minute il y a bien des jours
Et à ce compte je serai vieille de beaucoup d'années
Avant que je revoie mon Roméo ! (Shakespeare, *Roméo et Juliette*)[45]

你要離開了嗎？我親愛的老爺，我的配偶朋友！
每一天的每小時，我都要收到你的消息，
因為一日如三秋。
所以在見到我的羅密歐之前，我已老了好幾歲！

30

La Raison parle, mais l'Amour chante. (Alfred de Vigny, *Stello*)[46]

理智會說話，但愛情會唱歌。

31

En amour, il ne s'agit pas d'aimer mais de préférer. (Louise Lévêque de Vilmorin, *La Lettre dans un Taxi*)[47]

愛情不在於喜愛，而是比較喜歡。

32

Les serments d'amour sont comme les voeux des marins, on les oublie après l'orage. (John Webster, *Le Démon blanc*)[48]

愛的誓言就像水手的願望，在暴雨過後就被遺忘了。

33

On devrait toujours être amoureux. C'est la raison pour laquelle on ne devrait jamais se marier. (Oscar Wilde, *Une femme sans importance*)[49]

我們必須要永遠相愛。這是我們永不結婚的理由。

---

45 Shakespeare, *Roméo et Juliette*, Paris : Le livre de poche, 2005.
46 de Vigny, Alfred, *Stello*, Paris : Flammarion, 1993.
47 de Vilmorin, Louise, *La lettre dans un taxi*, Paris : Gallimard, 1998.
48 Webster, John, *Le Démon blanc*, Paris : Éditions Aubier-Montaigne, 1950.
49 Wilde, Oscar, *Une Femme sans importance*, London : Penguin, 2001.

V. La Pudeur

靦腆

1. Que penseriez-vous d'une femme qui aimerait un homme sans lui en avoir jamais parlé, sans l'avoir même approché... (Mme de Lafayette, *La Princesse de Clèves*)[50]
你認為一個會愛上從未交談甚至靠近過的男人的女人怎麼樣？

2. L'inconvénient de la pudeur, c'est qu'elle jette sans cesse dans le mensonge. (Stendhal, *De l'amour*)[51]
靦腆的缺點，就是不斷陷於謊言。

3. Enfin, comme le dernier coup de dix heures retentissait encore, il étendit la main et prit celle de Mme de Rênal, qui la retire aussitôt. Julien, sans trop savoir ce qu'il faisait, la saisit de nouveau. Quoique bien ému lui-même, il fut frappé de la froideur glaciale de la main qu'il prenait ; il la serrait avec une force convulsive ; on fit un dernier effort pour la lui ôter, mais enfin cette main lui resta. (Stendhal, *Le Rouge et le Noir*)[52]
總之，十點鐘聲猶在耳邊，他伸出手並牽住雷納夫人的手，她立刻抽回。朱利安，不知自己在做什麼，重新抓住她的手。他雖然很感動，卻也訝異牽著的手這麼冰冷，他用力抓住，她做最後一搏想甩開，然而這隻手最終還是留了下來。

---

[50] de Lafayette, Madame, *La Pincesse de Clèves*, Paris : Le livre de poche, 1973.
[51] Stendhal, *De l'amour*, Paris : Gallimard, 1980.
[52] Stendhal, *Le rouge et le noir*, Paris : Gallimard, 1967.

VI. La Passion

激情

1. Il est impossible de t'aimer comme je t'aime. (Honoré de Balzac, *La Femme abandonnée*)[53]
像我愛你一般的愛你是不可能的。

2. Je ne t'aime pas, je t'adore ; je ne t'adore pas, je t'idolâtre ! (Alain Bosquet, *Les Tigres de papier*)[54]
我不愛妳，我愛慕妳；我不愛慕妳，我崇拜妳！

3. S'il me faut vivre sans toi, il y aura quelque chose de tué en moi. (Alain Bosquet, *Les Tigres de papier*)[55]
如果我必須要過沒有你的生活，我心裡有個東西會死掉。

4. Je vous aime beaucoup moins que mon Dieu, mais bien plus que moi-même. (Pierre Corneille, *Polyeucte*)[56]
我愛你，雖不若愛神，卻遠甚於愛我自己。

5. Un honnête homme peut être amoureux comme un fou, mais non pas comme un sot. (François de La Rochefoucauld, *Réflexions ou Sentences et maximes morales*)[57]
紳士可以愛得像個瘋子，但卻不是像個傻子。

---

[53] de Balzac, Honoré, *La Femme Abandonnée*, Paris : Le livre de poche, 2014.
[54] Bosquet, Alain, *Les Tigres de Papier*, Paris : Grasset, 1968.
[55] Ibid.
[56] Corneille, Pierre, *Polyeucte*, South Carolina : Nabu Press, 2012.
[57] de La Rochefoucauld, François, *Réflexions ou Sentences et maximes morales*, Paris : Albin Michel, 2014.

❻ C’est ainsi qu’un amant dont l’ardeur est extrême aime jusqu’aux défauts des personnes qu’il aime. (Molière, *Le Misanthrope*)[58]
唯有慾望極其強烈的情人才可以連他愛人的缺點都愛。

❼ Je vous aime, j’étouffe. Je t’aime, je suis fou, je n’en peux plus, c’est trop ; ton nom est dans mon cœur comme dans un grelot... (Edmond Rostand, *Cyrano de Bergerac*)[59]
我愛您，愛得窒息。我愛妳，愛到瘋狂，無可救藥，無法自拔。妳的名字就如被鎖在鈴鐺般一樣鎖在我心裡……

[58] Molière, *Le Misanthrope*, Paris : Gallimard, 2013.
[59] Rostand, Edmond, *Cyrano de Bergerac*, Remilly : La Plume de l’Argilète, 2018.

VII. Le Bonheur
幸福

1. C'est l'abbé qui fait l'église ; c'est le roi qui fait la tour. Qui fait l'hiver ? C'est la brise. Qui fait le nid ? C'est l'amour. (Victor Hugo, *Chansons des rues et des bois*)[60]
是修道院院長打造了教堂；是國王建造了城樓。是誰造成冬天？是微風。誰築了巢？是愛情。

2. Si l'on bâtissait la maison du bonheur, la plus grande pièce serait la salle d'attente. (Jules Renard, *Journal*)[61]
若要建造幸福之家，最大的空間將是等候室。

3. On se voit bien qu'avec le cœur. L'essentiel est invisible pour les yeux. (Antoine de Saint-Exupéry, *Le Petit Prince*)[62]
只有心看得最清楚，真正重要的東西用眼睛是看不見的。

4. Le plus grand bonheur qui puisse donner l'amour, c'est le premier serrement de main d'une femme qu'on aime. (Stendhal, *De l'Amour*)[63]
愛情賜予的最大幸福，是第一次握住自己心儀女性的手。

---

[60] Hugo, Victor, *Chansons des rues et des bois*, Paris : Gallimard, 1982.
[61] Renard, Jules, *Journal*, Paris : Edition Robert Laffont, 1990.
[62] de Saint-Exupéry, Antoine, *Le Petit Prince*, Paris : Gallimard, 1999.
[63] Stendhal, *De l'amour*, Paris : Gallimard, 1980.

VIII. Le Mariage
婚姻

1. Les gens mariés vieillissent plus vite que les célibataires ; c'est l'histoire de la goutte d'eau qui, tombant sans relâche à la même place, finit par creuser le granit le plus dur. (Alphonse Allais, *Le Chat noir*)[64]
結婚者較單身者老得快，就像水滴不間斷地滴在同一處，最終將鑿穿最堅硬的花崗岩。

2. Dans le mariage, on ne peut jamais vivre heureux, quand on y commande tous deux. (Charles Perrault, *Griselidis*)[65]
婚姻中，當兩個人都處於支配地位，就永遠無法幸福。

3. On s'étudie trois semaines, on s'aime trois mois, on se dispute trois ans, on se tolère trente ans et les enfants recommencent. (Hippolyte Taine, *Vie et Opinions de Frédéric Thomas Graindorge*)[66]
人們花三週了解彼此，花三個月戀愛，花三年吵架，花三十年互相容忍，而孩子們再重複這過程。

---

64 Allais, Alphonse, *Le Chat Noir*, Paris : Le Chat Noir, 1890.
65 Perrault, Charles, *Griselidis-Nouvelle*, Paris : Hachette, 2013.
66 Taine, Hippolyte, *Vie et Opinions de Frédéric Thomas Graindorge*, South Carolina : Nabu Press, 2012.

IX. La Jalousie

嫉妒

1

Albert : « D'où viens-tu ? »
Marthe : « Qu'est-ce que tu as ? »
Albert : « Veux-tu, je te prie, me dire d'où tu viens. »
Marthe : « Mais pourquoi me parles-tu comme ça ? »
Albert : « Est-ce que tu veux, oui ou non, me répondre ? ... D'où viens-tu ? »
Marthe : « A l'instant ? »
Albert : « Oui, à l'instant. De quel endroit de Paris viens-tu à l'instant ? »
(Sacha Guitry, *La jalousie*)[67]

妳從哪兒回來？
你怎麼了？
能不能告訴我妳從哪兒回來？
你為什麼這樣跟我說話？
妳到底要不要回答我？……妳從哪兒來？
剛剛？
對，剛剛，妳剛剛從巴黎哪個地方回來？

2

Je n'admets pas que tu me questionnes de cette façon-là. Je n'admets pas que tu me parles comme tu es en train de le faire. (Sacha Guitry, *La Jalousie*)[68]

我不接受你用這種方式質問我，我不接受你用現在這種方式對我說話。

---

[67] Guitry, Sacha, *La Jalousie*, Paris : La petite illustration, 1934.
[68] Ibid.

3 Dis-moi exactement ce que tu as et ce que tu veux. Je te jure que tu es en train de me torturer. (Sacha Guitry, *La Jalousie*)[69]

直接地告訴我你怎麼了和你想要什麼，我發誓你現在正在折磨我。

4 J’embrasse mon rival, mais c’est pour l’étouffer. (Jean Racine, *Britannicus*)[70]

我擁抱我的情敵，但是為了讓他窒息。

---

[69] Ibid.

[70] Racine Jean, *Britannicus*, Paris : Librio, 2004.

X. L'Infidélité
不忠

1. Je préfère les femmes d'amis aux autres : comme ça, on sait à qui on a affaire. (Alphonse Allais, *A se tordre*)[71]
我喜歡朋友之妻甚於其他人的女人：因為這樣我才知道她和誰有過一腿。

2. Les Français ne parlent presque jamais de leurs familles : ce qu'ils ont peur d'en parler devant des gens qui les connaissent mieux qu'eux. (Montesquieu, *Lettres persanes*)[72]
法國人鮮少提及家人，因為他們怕在比他們還熟悉家人的外人面前談論之。

3. Cocu : chose étrange que ce petit mot n'ait pas de féminin ! (Jules Renard, *Journal*)[73]
戴綠帽的人：這個字沒有陰性真奇怪！

---

[71] Allais, Alphonse, *à se tordre*, Paris : Magnard, 2007.
[72] Montesquieu, *Lettres Persanes*, Paris : Gallimard, 2003.
[73] Renard, Jules, *Journal*, Paris : Edition Robert Laffont, 1990.

XI. Les Amants et les maîtresses
情夫與情婦

1. Un amant apprend à une femme tout ce qu'un mari lui a caché. (Honoré de Balzac, *Physiologie du mariage*)[74]
情夫教導女人她丈夫所隱藏的事。

2. Une femme disait à un de ses amis pour s'excuser de ses amants : « Qu'est-ce que vous voulez que je fasse quand il pleut et que je m'ennuie ? » (Edmond et Jules de Goncourt, *Idées et sensations*)[75]
一個女人為自己有情人找藉口，她對一個朋友說：「當下雨時和我無聊時，你要我怎麼辦？」

3. Chez les amants tout s'excuse, tout plaît. (Jean de La Fontaine, *Belphégor*)[76]
情人之間什麼都可被原諒，什麼都好。

4. Fille qui pense à son amant absent, toute la nuit, dit-on, a la puce à l'oreille. (Jean de La Fontaine, *Le Rossignol*)[77]
女孩徹夜想著不在身旁的情人，聽說，會疑神疑鬼。

---

[74] de Balzac, Honoré, *Physiologie du mariage*, Paris : Gallimard, 1976.
[75] Goncourt, E. & J., *Idées et Sensations*, Paris : Hachette : 2013.
[76] La Fontaine, Jean, *Les Fables de Jean de la Fontaine*, Nantes : Edition ZTL, 2019.
[77] Ibid.

5. C’est la plus fidèle de toutes les femmes : elle n’a trompé aucun de ses amants. (Jules Renard, *Journal*)[78]
她是最忠貞的女人：她從未欺騙過任何一個情人。

6. Le succès flatteur est de conquérir, et non de conserver. (Stendhal, *De l’amour*)[79]
諂媚的成功在於征服，而非保存。

[78] Renard, Jules, *Journal*, Paris : Edition Robert Laffont, 1990.
[79] Stendhal, *De l’amour*, Paris : Gallimard, 1980.

XII. Le Chagrin d'amour
失戀

1. Passent les jours et passent les semaines – Ni temps passé – Ni les amours reviennent – Sous le pont Mirabeau coule la Seine. (Guillaume Apollinaire, *Alcools, le Pont Mirabeau*)[80]
經過幾天與幾週——時間沒有流逝——愛情也未回頭——塞納河在米拉堡橋下流淌。

2. Vous ne pouvez ni aimer ni haïr, et vous êtes comme les roses du Bengale, sans épines et sans parfum. (Alfred de Musset, *Les Caprices de Mariane*)[81]
您不能愛也不能恨，就像孟加拉的玫瑰，沒有刺也沒有香味。

3. Ne réveillez pas le chagrin qui dort. (Jules Renard, *Histoire Naturelle*)[82]
別喚醒沉睡的傷心。
（此句靈感來自拿破崙的名句，原法文諺語為：Ne réveillez pas le chat qui dort.（別喚醒沉睡的貓。），這裡是作者在玩文字遊戲。）

---

[80] Apollinaire, Guillaume, *Alcools : poèmes : 1898-1913*, Paris : Edition de la Nouvelle Revue Française, 1920.
[81] de Musset, Alfred, *Les Caprices de Mariane*, Paris : Edition du Seuil, 1952.
[82] Renard, Jules, *Histoire Naturelle*, Paris : J'ai lu, 2004.

XIII. Le Deuil et la solitude
哀悼與孤寂

1. Amour et les fleurs ne durent qu'un printemps. (Pierre de Ronsard, *Poèmes*)[83]
愛情和花朵都只持續一個春天。

[83] de Ronsard, Pierre, *Poèmes*, London : Bristol Classical Press, 1998.

XIV. Les Souvenirs
回憶

1 Je n'aimais qu'elle au monde, et vivre un jour sans elle me semblait un destin plus affreux que la mort. Je me souviens pourtant qu'en cette nuit cruelle pour briser mon lien je fis un long effort. Je la nommai cent fois perfide et déloyable, je comptais tous les maux qu'elle m'avait causés. Hélas ! Au souvenir de sa beauté fatale, quels maux et quels chagrins n'étaient pas apaisés. (Alfred de Musset, *La nuit d'octobre*)[84]

世上我只愛她，一天沒有她比死還可怕。猶記得為了斬斷情絲那殘忍的一夜，我做了很大的努力。怪她邪惡和不忠、數落她的所有不是。唉！想起她致命的美麗，傷心與痛苦難以平復。

---

[84] de Musset, Alfred, *La nuit d'octobre*, Paris : Éditions la bibliothèque digitale, 2013.

XV. L'Oubli et le pardon

遺忘與原諒

1. Un clou chasse l'autre, une femme aussi. (Alphonse Allais, *Vive la vie* !)[85]
舊的不去新的不來，女人也是。

2. La haine, comme l'amour, se nourrit des plus petites choses, tout lui va. (Honoré de Balzac, *Le Contrat de mariage*)[86]
恨就如愛，它是雞毛蒜皮的小事所養成的，什麼都適用。

[85] Allais, Alphonse, *Vive la vie*, Paris : Flammarion, 1963.
[86] de Balzac, Honoré, *Le Contrat de Mariage*, Paris : Gallimard, 1978.

La Correspondance amoureuse

文人魚雁（情書）

I. Un coup de foudre
一見鍾情

1. Jamais je ne t'ai vu aussi belle et aussi jolie à la fois que tu l'étais hier au soir. J'aurais donné ma vie pour te presser dans mes bras. Dis, était-ce donc ton amour pour moi qui t'embellissait ? Etait-ce la passion dont je brûle pour toi, qui te rendait à mes yeux si séduisants ? (François René de Chateaubriand, *Lettre à la comtesse de Castellane*)
昨夜妳格外美麗又可愛，我會竭盡生命擁妳入懷。對了，是妳對我的愛令妳更美嗎？是我對妳的熱情令妳的雙眼更誘人嗎？

2. Tout ce que vous m'écrivez fait mon bonheur et enflamme mon amour. (Marquise du Châtelet à Jean-François de St. Lambert)
你所寫給我的信令我快樂，並燃起我的愛情。

3. C'est toi seul que je désirais, non ce qui t'appartenait ou ce que tu représentes. (Héloïse à Abélard)
我渴望的只有你，不是你所擁有的或你所代表的。

4. Le jour où ton regard a rencontré mon regard pour la première fois, un rayon est allé de ton coeur au mien comme l'aurore à une ruine. (Victor Hugo à Juliette Drouet)
從我的目光與妳的目光首次交會的那天起，一道光芒由妳心穿入我心，如同曙光射入廢墟。

5. Il faut s'aimer, et puis il faut se le dire, et puis il faut se l'écrire, et puis il faut se baiser sur la bouche, sur les yeux, et ailleurs. (Victor Hugo à Juliette Drouet)
必須先相愛，而後互訴衷曲、魚雁傳情，然後再親吻彼此的雙唇、雙眼和它處。

6. Quand je suis triste, je pense à vous, comme l'hiver on pense au soleil, et quand je suis gai, je pense à vous, comme en plein soleil on pense à l'ombre. (Victor Hugo à Juliette Drouet)
當我憂傷時，我想念妳，如冬日思念太陽；當我開心時，我想念妳，如烈日思念綠蔭。

7. Oh ! J'ai tant d'amour à te donner, tant de baisers à te prodiguer, sous tes pieds parce que je te respecte, sur ton front parce que je t'admire, sur tes lèvres parce que je t'aime ! (Victor Hugo à Juliette Drouet)
喔！我要給妳好多的愛、好多的吻，任妳揮霍。依偎在妳足下是因為我尊敬妳，駐留在妳額頭是因為我仰慕妳，停歇在妳唇邊是因為我愛妳！

8. Je t'aime éperdument, et je te le dis, et je te le répète, et mes paroles te l'expriment, et mes baisers te le prouvent, et quand j'ai fini... je recommence. Je voudrais recommencer ainsi pendant l'éternité... (Victor Hugo à Juliette Drouet)
我瘋狂地愛妳，我跟妳訴說，我對妳重複，而我的話語向妳表達，我的親吻向妳證明，而當我結束……又重新開始，我要重新開始直到永遠……

9 J'ai trop apprécié en vous tant de qualités parfaites, tant de rapports entre nos goûts et nos sentiments, tant de perfections inconnues peut-être à vous-même, pour ne pas sentir que je serais le plus heureux des hommes d'obtenir votre main et d'unir mes jours et ma destinée à la vôtre. (Alphonse de Lamartine à Mary Anne Birch)

我太欣賞妳諸多完美的特質，我倆的品味和情感之間有許多的關聯，或許妳不自知的許多優點，因而未感受到我是最幸福的男人，能夠娶妳，日日相守並命運相連。

10 Jamais homme n'a aimé comme je t'aime. Je suis perdu, vois-tu, je suis noyé, inondé d'amour ; je ne sais plus si je vis, si je mange, si je marche, si je respire, si je parle ; je sais que je t'aime. (Alfred de Musset à George Sand)

從沒有一個男人像我如此愛妳。瞧，我迷失了，我沉淪了，溺入愛河；我不知道是否活著、吃東西、行走、呼吸還是說話，但我知道，我愛妳。

11 Mon amour, ma vie, que de tourments tu me donnes. Vivement jeudi que je puisse rêver couchée sur ton coeur, que je puisse t'aimer comme j'en ai envie. Les heures sont si longues sans toi et la vie est sans aucun but... Je t'aime si profondément que j'en arrive à être obsédée le jour et la nuit. Viens vite arrêter mes angoisses et je t'appartiens tout entière. (Edith Piaf à Marcel Cerdan)

我的愛，我的生命，你真折磨我。週四萬歲！我夢見躺在你心上，我能如願地愛你。沒有你的日子好漫長，而生活也毫無目的……我日日夜夜對你魂牽夢縈。快來制止我的焦慮，我完全屬於你。

12 Nous avons eu besoin l'un de l'autre, nous ne nous sommes plus quittés, nos vies se sont entremêlées, et c'est ainsi que l'amour est né. (Vincent Van Gogh, *Correspondance*)

我倆彼此需要，再也不分開，我們的生命交融，愛情應運而生。

13 Je n'ai pas d'autre désir que de vous rendre heureuse pendant ma vie et après ma mort. (Voltaire à Marie-Louise Denis)

我只渴望有生之年和作古之後，都能讓妳快樂。

II. L'amour
愛情

1. Mille baisers sur tes yeux, sur tes lèvres, et sur ta langue. (Napoléon Bonaparte à Joséphine)
一千個吻獻給妳的雙眼、妳的雙唇，還有妳的舌。

2. Vivre sans penser à toi, ce serait pour moi la mort. (Napoléon Bonaparte à Joséphine)
活著而不想妳，對我來說形同死亡。

3. J'ai besoin de te voir, de te presser sur mon coeur, de mourir sur tes lèvres. Ange à moi, ange adoré, j'ai besoin de verser mon âme dans la tienne, et de retrouver ces sensations qui sont devenues ma vie. Cette vie est en tes mains. Mon sang bout, tous mes sens sont dans une agitation que ton regard et tes baisers seuls calment. Je t'aime avec fureur, soyons toujours unis, donne-moi de longues heures. (Benjamin Constant à Anna Lindsay)
我需要見到妳，將妳貼近我的心房，死在妳的雙唇間。我的天使，可愛的天使，我需要將我的靈魂傾注入妳的靈魂中，並重新找回這些已成為我生命的感覺感知。此生在妳手中。我的血液沸騰，我所有的感官激動不已，只有妳的目光和親吻能讓它們平靜。我狂熱地愛著妳，我們要永遠在一起，給我恆長的時光。

❹ Ange, le plus inégal des anges, je vous aime et n'aime que vous. Je n'ai de bonheur que dans l'espoir du vôtre. Je n'ai de plaisir que sûr de votre plaisir ! Dites-moi que vous m'aimez ; dites-moi que vous êtes heureuse, et du plaisir passé et du bonheur à venir, et cessez enfin de repousser l'un et de retarder l'autre. Vous êtes le seul but de mon existence, l'entière occupation de ma pensée. (Benjamin Constant à Anna Lindsay)

天使，無與倫比的天使，我愛妳也只愛妳。我唯一的幸福是在妳的期望當中。我唯一的愉悅是確定妳愉悅！告訴我妳愛我；告訴我妳是幸福的，告訴我過去的快樂與未來的幸福，並不要推遲其一和延緩另一。妳是我存在的唯一目的，占據我思想的全部。

❺ Mon amour, mon ange, mon espoir, tout ce que j'apprécie dans la vie est en toi, chaque goutte de mon sang ne coule que pour toi seule ! Mon unique aimée, consacrons toute notre existence à tous les plaisirs et à toutes les joies. Comblons-nous l'un l'autre de toute espèce de jouissance et d'union. Nos âmes, nos esprits sont faits l'un pour l'autre. Les heures que j'ai passées avec toi sont gravées profondément dans mon âme. (Benjamin Constant à Anna Lindsay)

我的愛，我的天使，我的希望，我生命中所欣賞的一切都在妳身上，我的每一滴血都只為妳而流！我唯一的摯愛，讓我們浸淫在快樂與歡愉中。以各種愉悅與結合填滿彼此。讓我們心靈相通。與妳在一起度過的時光深深刻在我的靈魂裡。

6. J'aime ton visage, ta voix, ton coeur, ton corps : il n'y a pas une parcelle de toi que je n'adore. (Benjamin Constant à Anna Lindsay)
我愛妳的容顏、妳的聲音、妳的心、妳的身體：妳身上沒有一處是我不喜愛的。

7. Pense à moi, aime-moi, moi qui ne vis que pour toi. (Benjamin Constant à Anna Lindsay)
想我，愛我，那個只為妳而活的我。

8. Je t'aime plus que ma vie, plus que tout au monde ; je t'adore, mon doux bien-aimé, de tout mon cœur. (Juliette Drouet à Victor Hugo)
我愛你多過我的生命，多過全世界；我愛慕你，親愛的，全心全意。

9. Tu es mon seul bonheur, tout l'aliment de ma vie. Tu es plus que mon bonheur, tu es toute ma vie. (Juliette Drouet à Victor Hugo)
你是我生命中唯一的幸福，全部的養分。你不只是我的幸福，你是我生命的全部。

10. En attendant le moment où je pourrai baiser tes douces lèvres, je t'envoie, mon doux trésor, des millions de baisers en pensée. (Juliette Drouet à Victor Hugo)
直到我可以親吻你甜美雙唇的那一刻，我才將我數以百萬計之吻送給你，我親愛的寶貝。

11. Je t'aime de toutes mes forces, de tout mon cœur et de toute mon âme. (Juliette Drouet à Victor Hugo)
我用盡所有力氣愛你，全心全意和全靈全魂。

12 Je t'envoie un bouquet composé de baisers, de caresses et de tendresses, beaucoup plus que de fleurs. (Juliette Drouet à Victor Hugo)
我送給你的花束由親吻、愛撫與柔情組成，遠比花朵要多。

13 Oh ma chérie, pense à moi, aime-moi ; songe à la dernière minute où nous nous sommes vus, et à la première minute où nous reverrons... (Victor Hugo à Léonie d'Anuet)
噢！親愛的，想我、愛我；想我們見面的最後一分鐘，以及我們即將再次見面的第一分鐘……

14 L'hiver est dans le ciel et sur ma tête, mais non dans mon cœur. Il y a là un éternel avril dont tu es l'aurore. Les années finissent, non l'amour : Je t'aime. (Victor Hugo à la fiancée)
冬季在空中也在我頭上，但不在我心中。那裡有妳作為永恆的四月黎明。任時光流逝，愛情不會：我愛妳。

15 Sois mon amour, mes charmes, ma douceur ; sois mon soutien, mon bien, mon bonheur. (Victor Hugo à la fiancée)
做我的愛人、我的魅力、我的甜蜜；做我的支柱、我的財富、我的幸福。

16 Chaque jour fortifie mes sentiments. Ils sont devenus l'unique affaire des années qui me restent à donner, qui soient encore désirables. Je désire les terminer par un attachement digne. Veux-tu me conduire au terme d'un voyage, que je regrette si amèrement de n'avoir pas commencé avec toi ? (Anna Lindsay à Benjamin Constant)

我的感情每天都在增強。它們已成為我殘年中唯一的信物，而這仍是令人嚮往的。我想以相應的愛慕結束之。你是否想要帶領我到我深感遺憾沒與你一同開始的旅程？

17 Un baiser de toi ne sera jamais trop court, pourvu qu'il dure autant que notre vie. (Mirabeau à Sophie Ruffei)

妳的一個吻永遠不會太短，希望它像我們的生命一般長久。

18 Lorsque tes lèvres de roses sucent les miennes, j'en perd la tête. (Mirabeau à Sophie Ruffei)

當妳玫瑰色的唇吸吮我的唇時，我失去理智。

19 Je puis tout sacrifier au monde, excepté ton amour. (Mirabeau à Sophie Ruffei)

我可以犧牲世上的一切，除了妳的愛。

20 Je n'ai pas passé un jour sans t'écrire ; je n'ai pas passé une nuit sans te serrer dans mes bras ; je n'ai pas pris une tasse de thé sans maudire la gloire et l'ambition qui me tiennent éloigné de l'âme de ma vie. Au milieu des affaires, à la tête des troupes, en parcourant les camps, mon adorable Joséphine est seule dans mon coeur, occupe mon esprit, absorbe ma pensée. (Napoléon à Joséphine)

我沒有一天不寫信給妳；我沒有一個晚上不是把妳抱在我懷裡；我在喝每杯茶時都抱怨著這個使我遠離我生命靈魂的榮耀與野心。在忙碌的事務中，在部隊的前方時，在穿過營地時，我可愛的約瑟芬是我心中唯一，占據我的心思，盤據我的腦海。

21 Mon Cœur, je t'aime sans compter ; je suis prêt à tout sacrifier pour toi. Tu es tout pour moi. Avec toi je suis complet, je t'aime de tout mon être. (Chris Niewald à une femme mariée)

我的心肝兒，我對妳的愛無法計算；我準備好為妳犧牲一切。妳是我的全部。有了妳我才是完整的，我全心全意地愛著妳。

22 J'aime vraiment être avec toi. J'aime tout ce que tu es, j'aime la mélodie de ta voix et le tintement de ton rire. J'aime ta délicatesse, ton raffinement. J'aime ton regard qui me fait fondre et qui à chaque fois me désarçonne. J'aime tes cheveux, j'aime ton petit nez que j'ai envie d'embrasser. Je t'aime. (Chris Niewald à une femme mariée)

我真的很喜歡和妳在一起。我喜愛妳的全部，我愛妳聲音的旋律和妳銀鈴般的笑聲。我愛妳的細膩、妳的精緻。我愛妳那融化我的眼神，每每都令我語塞。我愛妳的秀髮，我愛妳那令我想親吻的小巧鼻子。我愛妳。

23 Tu es mon obsession, c'est ta voix, tes mains, tes yeux, ton corps, ta peau, ta façon de parler, ton rire, ton odeur, tes gestes, tes réactions, ta façon de vivre, de penser, ta façon de conduire, tout ce que tu fais je trouve ça merveilleux, et j'en passe ! (Édith Piaf, *Mon amour bleu*)

你是我的癡迷，是你的聲音、你的雙手、你的雙眸、你的身軀、你的肌膚、你講話的方式、你的笑容、你的氣味、你的手勢、你的反應、你生活的方式、你思考的方式、你開車的樣子，你做的所有事讓我覺得很美好，它不勝枚舉。

24 Pour moi, mon amour, tu m'as tout donné, l'envie de vivre de toute la vie. Mon chéri, je pense te dire aussi que jamais aucun homme ne m'a prise autant que toi, et je crois bien que je fais l'amour pour la première fois. Tu dois dormir mon doux chéri, comme ton corps va me manquer, tes belles cuisses et la douceur de ta peau, tes jolies fesses chéries… Eh, j'en arrive à devenir sensuelle ! (Édith Piaf, *Mon amour bleu*)

對我來說，我的愛人，你賦予了我一切，對生命的渴望和生命。親愛的，我也想對你說，沒有人能像你一樣令我臣服，我想我宛如第一次做愛。你需要睡眠親愛的，我會想念你的身體，你美麗的大腿和柔軟的肌膚，你可人的臀部……呃，我快要變得充滿肉慾了。

25 Mon doux chéri, je veux te dire que je suis heureuse grâce à toi ! Jamais je ne me suis sentie si bien, si près du bonheur complet, tout commence et finit par toi, toi ! toi ! toi ! ! ! ! Qu'aucun doute jamais ne t'effleure, je serai à la hauteur de notre amour qui sera grand comme l'amour ! Je t'aime de toute la force de mon âme, de mon cœur et de ma peau, il n'y aura rien derrière toi, je veux que tu sois l'unique ! (Édith Piaf, *Mon amour bleu*)

我親愛的寶貝，我想告訴你，因為有你我很幸福！我從來沒感覺這麼棒，如此接近完全的幸福，一切因你而始也終結於你！你！你！你絲毫不必懷疑，我將會在我們愛情的至高點如愛情般偉大！我以我全部的靈魂、內心與我的肌膚愛你，在你之後不會有任何人，我希望你是唯一。

26 Chéri, si tu savais mon bel amour comme je t'aime, comme mon amour est grand, profond, immense, tu es tout pour moi et je suis sûre de t'aimer toujours quoi qu'il arrive, mon cœur et mon âme sont à toi ! (Édith Piaf, *Mon amour bleu*)

親愛的，如果你知道我有多麼地愛你，我的愛有多廣大、深遠、無邊際，你對我來說是一切，無論如何我確信都會永遠愛你，我的心與我的靈魂屬於你。

III. L'Amour amer

苦戀

1. Je vous ai aimé, je vous aime, je vous aimerai. (Hector Berlioz à Estelle)
我曾愛妳，我愛妳，我將愛妳。

2. N'est-ce pas une chose étrange ? Je me sens devant vous, auprès de vous, mon cher amour, comme un tout petit enfant malade. (Léon Bloy à sa fiancée)
這真是件怪事？在妳面前、在妳身邊，親愛的，我自覺像個生病的小孩。

3. Tout m'est indifférent, excepté vous, Alfred, quoi que vous en pensiez. Ce qui est vrai, c'est que depuis longtemps vous vouliez me quitter, seulement vous avez attendu que vous en ayez la force. Aujourd'hui, cette force s'appuie sur je ne sais quoi, peut-être une femme qui vous aime et que vous allez aimer ! (Marie Dorval, *Lettre à Alfred de Vigny*)
萬事我都不在乎，除了你，亞佛瑞，不論你怎麼想。事實上你早已想離開我，只是等待有勇氣。如今我不知這股力量出自何處，也許來自一個你愛和你將愛的女人。

4. J'ai voulu seulement t'envoyer encore un baiser avant de m'endormir, te dire que je t'aimais. (Gustave Flaubert à Louise Colet)
我只是要在睡著前再寄一個吻給妳，跟妳說我曾愛妳。

5 Et encore un, oh encore, encore et puis ensuite sous ton menton, à cette place que j'aime sur ta peau si douce, sur ta poitrine où je place mon coeur. (Gustave Flaubert à Louise Colet)

再一個，喔再一個，再一個，然後在妳下巴下方，這是妳肌膚最柔軟、我最喜愛的地方，還有我放置我的心在妳胸膛處。

6 Il y a douze heures, nous étions encore ensemble ; hier, à cette heure-ci, je te tenais dans mes bras... t'en souviens-tu ? [......] N'importe, ne songeons ni à l'avenir, ni à nous, ni à rien. Penser, c'est le moyen de souffrir. (Gustave Flaubert, *Lettre à Louise Colet*)

十二小時前，我們還在一起；昨日此時，我擁妳入懷……妳記得嗎？……總之，我們別想未來、別想我倆，什麼也別想，思考是產生痛苦的方式。

7 Je voudrais passer la mer, franchir les montagnes, traverser les villes, rien que pour poser ma main sur votre épaule, pour respirer le parfum de vos cheveux. (Guy de Maupassant à Mme X)

我要穿過海洋、越過山崗、走遍城市，只為了將我的手放在妳肩膀，好聞聞妳的髮香。

8 Je ne t'aime plus du tout ; au contraire, je te déteste. Tu es une vilaine, bien gauche, bien bête, bien cendrillon. Tu ne m'écris pas du tout, tu n'aimes pas ton mari ; tu sais le plaisir que tes lettres lui font, et tu ne lui écris pas six lignes jetées au hasard ! (Napoléon à Joséphine)

我一點都不愛妳了，相反地，我討厭妳。妳是個壞女人，頑皮、愚笨的仙杜瑞拉。妳都不寫信給我，妳不愛妳的丈夫，妳知道妳的信對妳的丈夫會產生怎樣的效果，然而妳甚至連幾行字都不寫給他！

9 Il me semble que je suis à toi depuis le premier jour où je t'ai vu. Tu en feras ce que tu voudras, mais je suis à toi de corps, d'esprit et de coeur. (Mme Sabatier à Charles Baudelaire)

自從第一天見到你，我似乎就已屬於你。做你想做的事，而我的身、心、靈都是你的。

10 Ma chambre est bien close ; je ne souffre de rien ; mon coeur est mort. Nul bonheur ne viendra me visiter ; le soir ressemble au matin, le lendemain à la veille. (George Sand à Michel de Bourges)

我的房門緊閉；我不再痛苦；我心已死。幸福不會降臨；黑夜如同白晝，明天猶如昨日。

11 Je suis fou de toi. C'est affreux, je suis égaré, je tremble et je ne pense qu'à toi, qu'à ton nom. (Marcel Schwob à Marguerite Moreno)

我為妳瘋狂。真可怕，我很迷惘，我在顫抖，而且我只想妳，只想著妳的名字。

La Citation succulente du cinéma

戀人絮語（電影台詞）

1. J'ai décidé que ma vie était trop simple. Je veux vraiment la compliquer... avec toi. (*6 jours, 7 nuits*)
我覺得我的人生太單調了，我真想……和你把它搞複雜。

2. Honnêtement, si tu n'es pas prêt(e) à passer pour un(e) idiot(e), tu ne mérites pas d'être amoureux(se). (*7 ans de séduction*)
老實說，如果你沒準備好當傻子，你不配談戀愛。

3. J'ai passé toute ma vie à attendre que le bon gars se pointe. Et tout à coup, t'es apparu. Tu ressembles en rien à l'homme que j'imaginais. Tu es cynique, grincheux et impossible. Mais pour être franche, avoir à t'affronter, c'est la meilleure chose qu'il me soit arrivée de ma vie. (*27 robes*)
我花了一生等待真命天子的到來，突然，你出現了。你完全不是我想像的那種男人，你恬不知恥、冥頑不靈、難以忍受。但坦白說，對付你是我這輩子遇過最棒的事。

4. Tes cheveux me plaisent, tes sourcils me plaisent… ton intestin grêle me plaît, même tes râteaux me plaisent ! (*99 F*)
我喜歡你的頭髮、我喜歡你的眉毛……我喜歡你纖弱的肚子，我甚至喜歡你的牙齒！

5 Tout s'achète : l'amour, l'art, la planète Terre, vous, moi... Surtout moi. L'homme est un produit comme les autres. Avec une date limite de vente. Je suis publicitaire. Je suis de ceux qui vous font rêver des choses que vous n'aurez jamais. Ciel toujours bleu, nanas jamais moches, bonheur parfait retouché sur Photoshop. Vous croyez que j'embellis le monde ? Perdu, je le bousille. (*99 F*)

任何東西都可購買：愛情、藝術、地球、你、我……尤其是我。人類和其他東西一樣是項產品，有賞味期。我是廣告商，我是你們的造夢人。天空永遠蔚藍，馬子永遠不醜，Photoshop 美化的幸福。你們認為我美化世界了嗎？錯了，我攪亂一池春水。

6 Tout est provisoire : l'amour, l'art, la planète Terre, vous, moi. La mort est tellement inéluctable qu'elle prend tout le monde par surprise. Comment savoir si cette journée n'est pas la dernière ? On croit qu'on a le temps. Et puis tout d'un coup, ça y'est, on se noie, fin du temps réglementaire. La mort est le seul rendez-vous qui ne soit pas noté dans votre organiser. (*99 F*)

一切都是暫時的：愛情、藝術、地球、你、我。死亡是如此不可抗拒，出其不意地奪走大家。如何知道這一天並非最後一天呢？我們總相信還有時間，而突然間，到盡頭，消失了，規律的時間結束了。死亡是你唯一未登錄計畫的約會。

7 Le problème, c'est que je tiens vraiment à toi. Et c'est pour cela que je vais accepter le divorcer. Parce que tu peux penser ce que tu veux, mais quand on aime une personne, je crois qu'il faut être généreux pour lui donner ce qu'elle souhaite. (*500 jours ensemble*)

問題是我真的在乎你，才答應跟他離婚。所以隨你怎麼想，但我認為愛一個人時，必須大方給他他所想要的。

8 Je crois que c'est officiel. Je suis amoureux de Summer. J'aime son sourire. J'aime ses cheveux. J'aime ses genoux. J'aime cette tâche de naissance en forme de cœur qu'elle a au dessus du sein. J'aime sa façon de s'humecter les lèvres parfois juste avant de parler. J'aime sa façon de rire. J'aime son expression quand elle dort. J'aime entendre cet air dans ma tête à chaque fois que je pense à elle. Et j'aime me sentir bien avec elle. C'est comme si tout était possible. Je ne sais pas comment le dire. Y a un nouveau sens à ma vie. (*500 jours ensemble*)

我認為這是正式的，我愛上夏天。我愛她的微笑，我愛她的秀髮，我愛她的膝蓋，我愛在她胸口的心形胎記，我愛她有時開口說話前舔嘴唇的樣子，我愛她笑的樣子，我愛她睡覺的容顏。每當我想到她，我愛聽到腦海中這個旋律，我也愛和她在一起時很自在的感覺。似乎萬事都有可能，我不知道該怎麼說，我生命中有了新的意義。

9

- Pourquoi tu es venu ici, Michel ?
- Moi, parce que j'ai envie de recoucher avec toi.
- Ça n'est pas une raison je trouve ?
- Évidemment que si, ça veut dire que je t'aime.

(*A bout de souffle*)

- 你為什麼來這兒，米榭？
- 我，因為我想再和妳睡覺。
- 我認為這不是個理由。
- 當然是，這就是說我愛妳。

10

Faut faire comme les éléphants, quand ils sont malheureux, ils partent. (*A bout de souffle*)

要如大象一般，當它們不快樂時，它們就離開。

11

Bien que mon amour soit fou, ma raison calme les trop vives douleurs de mon cœur en lui disant de patienter, et d'espérer toujours. (*À la folie... pas du tout*)

雖然我的愛很狂野，但我的理智會撫慰我受重創的心靈，並對它說要忍耐和一直期待。

12

On est amoureux quand on commence à agir contre son intérêt. (*L'amour en fuite*)

當人們開始違背自身權益時，那就是墜入愛河了。

13

Tu m'as effacé de tous mes souvenirs parce que tu pensais que tu pouvais m'empêcher d'avoir une vie heureuse. En réalité, tu t'es trompé. Être avec toi est la seule façon pour moi d'avoir une vie heureuse. Tu es la femme de tous mes rêves. (*Amour et Amnésie*)

妳抹去了我所有回憶，因為妳以為妳會阻礙我擁有一個幸福的人生。事實上，妳搞錯了，和妳在一起是我唯一能擁有幸福人生的方法。妳是我的夢中情人。

14. Je ne sais pas comment je vais faire si je ne peux pas te voir tous les jours. (*l'Arnacoeur*)
如果不能天天見到你，我真不知道該怎麼辦。

15. Je te pardonne pour avoir été d'une telle perfection qu'un seul homme décide de partir en enfer plutôt qu'au paradis et ceci dans le seul but d'être avec moi. (*Au delà de nos rêves*)
我原諒你因為你是唯一一個寧願下地獄而非上天堂的男人，而這只是為了跟我在一起。

16.
- Pourquoi depuis trois soirs es-tu revenu ici ?
- Parce que c'est auprès de toi que j'aurais pu trouver le bonheur. (*La beauté du diable*)
- 為什麼你三個晚上都回來這兒？
- 因為靠近妳我才能找到幸福。

17. L'amour peut faire qu'un homme laid devienne beau. (*La Belle et la Bête*)
愛情可令醜男變帥哥。

18.
- Où étais-tu ?
- La nuit dernière ? J'ai oublié.
- Et cette nuit ?
- Je ne fais jamais de projet. (*Casablanca*)
- 你去哪兒了？
- 昨天晚上？我忘了。
- 那今天晚上呢？
- 我從不事先計畫。

19. Je ne peux plus te quitter. Je ne peux plus lutter. Je ne t'abandonnerai plus. (*Casablanca*)
我再也無法離開妳，我再也無法抗拒，我再也不會拋棄妳。

20 Embrassez-moi, comme si c'était la dernière fois… (*Casablanca*)
親吻我，就好像這是最後一次……

21 Est-ce le canon ou mon cœur qui bat ? (*Casablanca*)
是加農砲還是我的心在跳動？

22 - Nous sommes-nous connus longtemps ?
- Je n'ai pas compté les jours.
- Moi si… Je ma rappelle chaque jour. Surtout le dernier. (*Casablanca*)

- 我們認識很久了？
- 我沒算過日子。
- 我有……我記得每一天，尤其是最後一天。

23 Tu es loin d'être comme les autres et c'est ta grande qualité. (*Ce que pense les hommes*)
你和別人大不同，這是你的大優點。

24 Tu es mon exception. (*Ce que pensent les hommes*)
你是我的例外。

25 "Penses-tu que demain tu seras toujours en moi et à moi ? " "Pas seulement demain, toute ma vie ne serait rien sans toi." (*Click*)
「你覺得明天你依然駐在我心中且屬於我嗎？」
「不只明天，沒有你，我的一生將什麼也不是。」

26 Écoute ma chérie, l'amour éternel a été inventé quand l'espérance de vie était de 35 ans. (*Le coeur des hommes 2*)
聽著，親愛的，當人均壽命為 35 歲時，就會有永恆的愛。

27 Bien plus que la raison, le cœur est le plus fort. A son ordre, à sa foi, personne ne résiste ? (*Les Demoiselles de Rochefort*)
愛情是最強的，比理智還強。在它的命令，在它的律法下，沒人能抵擋？

28 Son doux regard au mien s'oppose longuement. Ensorcelés, tous deux, par un enchantement. (*Les Demoiselles de Rochefort*)
他溫柔的眼神與我對望多時。兩人都著了迷。

29 Evitons les amours aux lentes agonies. Disons, gentiment, toi et moi, c'est fini. (*Les Demoiselles de Rochefort*)
讓我們避免愛情變成漫漫的垂死。那麼，悄悄地，你和我，就結束吧。

30 - Ah l'amour. - Tu crois en l'amour ? - Ouais, et même au cancer ! - C'est deux maladies ? - On peut dire ça. (*Le dernier samaritain*)
「啊，愛情！」「你相信愛情嗎？」「是啊，甚至癌症！」「這是兩種病嗎？」「可以這麼說。」

31 Ils viennent détruire ce que j'ai appris à aimer. (*Le dernier samouraï*)
他們毀了我對愛的認知。

32 Je t'aime ! Le reste on s'en fout ! (*Le Dernier Tango à Paris*)
我愛妳！其餘的我都不在乎！

33. Non, je ne désire rien, simplement la chaleur de votre corps contre le mien et cette bouche qui est votre bouche, et ces yeux qui sont vos yeux. (*Les Enfants du paradis*)
不，我不渴求什麼，只有你的體熱靠著我的身體，還有你的嘴和你的雙眼。

34. Je suis comme je suis. J'aime plaire à qui me plaît, c'est tout. Quand j'ai envie de dire oui, je ne sais pas dire non. (*Les Enfants du Paradis*)
我就是我。我喜歡讓我喜愛的人開心，就這樣。當我想說好時，我不會說不。

35. Tu le sais bien que tu es beau puisque je t'aime. Et aujourd'hui, tu es plus beau que tous les autres jours. Tu brilles. (*Les Enfants du paradis*)
你知道你很帥，因為我很愛你。而今天，你比任何一天都帥。你閃閃發光。

36. Je ne savais pas que l'amour c'était une maladie. Vous au moins vous êtes tranquille, vous vous êtes fait vacciner ! (*Et Dieu créa la femme*)
我以前不知道愛是一種病，不過至少你沒事，你已經注射疫苗了。

37. Y'a t-il quelqu'un parmi vous qui aime assez l'Être qu'il dit aimer pour préférer son bonheur au sien ? Pour le laisser vivre à son rythme, pour pleurer de ses déceptions, rire de ses joies ? (*L'étudiante*)
在你們當中有沒有這樣的人：因為愛著一個人，願使他的幸福更甚於自己的，願意讓他照著原本的步調而活，願意為他的失意而哭泣，願意為他的快樂而歡笑？

38 Comme quoi, une femme sans amour c'est comme une fleur sans soleil, ça dépérit. (*Le fabuleux destin d'Amélie Poulain*)
一個沒有愛情的女人就如一朵沒有陽光的花，會枯萎的。

39 Comment me serai-je doutée que cette ville était faite à la taille de l'amour ? Comment me serai-je doutée que tu étais fait à la taille de mon corps même ? (*Hiroshima mon amour*)
我怎能不懷疑這城市不是為愛情而建造的？我怎能不懷疑你不是為了我的身軀而打造的？

40 J'avais faim d'infidélité, d'adultère, de mensonges et de mourir depuis toujours. Je me doutais bien qu'un jour tu me tomberais dessus. Je t'attendais dans une impatience sans bornes, calme. (*Hiroshima mon amour*)
我一直很想不忠、出軌、撒謊和死去。我想過有一天會遇上你。我急切地等著你，靜靜地。

41 Je t'oublierai, je t'oublie déjà. Regarde comme je t'oublie, regarde-moi. (*Hiroshima mon amour*)
我將忘了你，我已經忘了，瞧，我忘了你，看著我。

42 C'est horrible, je commence à moins bien me souvenir de toi. Je commence à t'oublier. Je tremble d'avoir oublié tant d'amour. (*Hiroshima mon amour*)
真可怕，我開始不太記得你了。我開始忘記你，我害怕已經忘了這麼多的愛。

43 Jamais je n'aurais pensé ressentir ça, tu sais. Je deviens fou, j'ai envie de me jeter du haut de chaque building de New York. Je vois un taxi et j'ai envie de me jeter sous ses roues parce que comme ça, j'arrêterai de penser à elle. (*Hitch - Expert en séduction*)

你知道嗎？我從沒有這樣感受過。我瘋了，恨不得從每棟紐約的摩天大樓上跳下，恨不得置身於眼前呼嘯而過的計程車輪下……因為唯有這樣，我才能停止想她。

44 C'est pour ça que tomber amoureux est un vrai parcours du combattant ! (*Hitch - Expert en séduction*)

因此，墜入愛河是戰士的必經之路！

45 Je sais que vous aimer, c'est trahir la France, mais ne pas vous aimer, ce serait trahir mon coeur. (*L'homme au masque de fer*)

我曉得愛你是背叛法國，但不愛你，則違背我心意。

「如果說我愛你，這就是欺騙了你；如果說我不愛你，這又是違背我心意……」出自民歌〈這就是愛情〉。

46 Je ne me suis pas demandé si j'avais le droit de l'aimer. Je l'ai juste aimée. (*L'homme qui murmurait à l'oreille des chevaux*)

我沒自問我是否有權利愛她。我就是愛她。

47 Je t'aime, faut-il que je t'aime pour que tu me fasses le dire. (*Hôtel du Nord*)

我愛妳，一定要我愛妳才能讓妳逼我說出口。

48 On se met à ne plus aimer quelqu'un. On se met à aimer quelqu'un d'autre, peut-être aussi parce qu'il y a de la place. (*Je l'aimais*)

人家開始不再愛某人，人家開始愛別人，也許是因為有空間吧。

49 J'ai laissé l'amour de ma vie et je suis restée avec une femme que j'avais définitivement abîmée. (*Je l'aimais*)

我放開一生摯愛，而和一個被我徹底毀了的女人在一起。

50 Je t'aime plus que ma propre vie. (*Jeux d'enfants*)

我愛你勝過我自己的生命。

51
- Vous avez dit "je t'aime" à votre mari, récemment ?
- Non, pas depuis 100 ans.

(*Jeux d'enfants*)

- 您最近曾對老公說「我愛你」嗎？
- 沒有，已經一百年沒說了。

52
- Aime-moi !
- Cap !
- Attends, c'est un jeu là pour toi ?
- Non, c'est un pari. C'est toi qui l'as lancé.
- Bah si c'est moi qui l'ai lancé t'as pas su le rattraper au vol.

(*Jeux d'enfants*)

- 愛我！
- 頭！
- 等等，這是為你設計的遊戲嗎？
- 不，這是個賭注，是你丟出的。
- 如果是我丟出的，你則不懂得抓住它。

53 Tu m'as dit "Je t'aime", je t'ai dit "Attends". J'allais dire "Prends-moi", tu m'as dit "Va-t'en". (*Jules et Jim*)

你對我說「我愛你」，我對你說「等等」。我想要說「娶我」，你則對我說「走開」。

54 Je ne vous connais pas, mais je vous aime déjà. (*Là-haut*)

我不認識你，但我已愛上你。

55 Je me suis caché parce que je vous aime ! Je peux rester ? (*Là-haut*)

我躲起來是因為我愛妳！我可以留下來嗎？

56 Tu vas pas me perdre. Tu m'as appris à aimer la vie, et j'ai envie d'être heureux, de dormir dans un vrai lit, d'avoir des racines. (*Léon*)

你不會失去我的。你教我如何熱愛生命，而我想要幸福，躺在一張真正的床上，有個根。

57
- C'est vrai, je t'aime plus. Y a rien à expliquer, je t'aime plus.
- Pourquoi ? Hier tu m'aimais encore.
- Oui, beaucoup, maintenant c'est fini.
- Y a bien une raison.
- Oui, sûrement, je sais pas, tout ce que je sais c'est que je t'aime plus.

(*Le Mépris*)

- 真的，我不再愛你。沒什麼好解釋的，我不再愛你。
- 為什麼？昨天妳還愛我的。
- 是，很愛，現在結束了。
- 總有個理由吧！
- 嗯，肯定有，我不知道，我只知道我不再愛你了。

58 L’amour ; celui qui surmonte tous les obstacles. (*Moulin rouge*)

愛情能克服所有障礙。

59 La plus grande vérité qu’on puisse apprendre un jour est qu’il suffit d’aimer et de l’être en retour… (*Moulin Rouge*)

最重大的事實是，我們有天會知道，只要去愛並獲得回報……

60 Il n’y a pas plus important que l’amour. L’amour, c’est l’oxygène, l’amour est enfant de bohème. L’amour nous élève. (*Moulin Rouge*)

沒有什麼比愛情更重要。愛是氧氣，愛是野孩子。愛情令我們成長。

61 D’abord il y a le désir, puis la passion, ensuite le soupçon, la jalousie, la colère, la trahison, quand l’amour va au plus offrant la confiance est impossible, et sans la confiance il n’y a pas d’amour. La Jalousie, oui, la jalousie te rendra démon. (*Moulin Rouge*)

起初是慾望，接著有激情，再來是懷疑、嫉妒、憤怒、背叛……當愛向著出價最高的人而去時，信任便瓦解了，而沒了信任就沒有愛。嫉妒啊，是的，嫉妒將使你變成魔鬼。

62 J’ai aimé un être de tout mon coeur et de toute mon âme et pour moi c’est plus que suffisant. (*N’oublie jamais*)

我曾經全心全意愛一個人，對我而言，已心滿意足。

63 Je te veux, pour toujours. Toi et moi tous les jours. (*N'oublie jamais*)
我要你，永遠。你和我，每一天。

64 Bel amour est celui qui éveille l'âme, et nous fait nous surpasser. Celui qui enflamme notre coeur et apaise nos esprits. C'est ce que tu m'as apporté. (*N'oublie jamais*)
美麗的愛情喚醒靈魂，然後超越你我。它點燃我們的心並撫慰我們的心靈，這就是妳帶給我的。

65 Je suis tombée amoureuse pendant qu'il lisait, comme on s'endort : d'abord doucement et puis tout à coup. (*Nos étoiles contraires*)
在他閱讀時我愛上了他，這感覺如同入眠：起初是慢慢的，然後是突然的。

66 Jurez par tout l'amour que vous avez pour moi de ne vous remarier lorsque vous aurez trouvé une femme plus belle et mieux faite que moi. Jurez, alors je mourrai contente. (*Peau d'âne*)
以愛之名發誓你不再娶，除非你找到比我更美、比我好的女人。發誓吧，這樣我可以含笑九泉。

67 Mets-toi à ma place, Inès le matin, Inès le midi, Inès le soir : t'es pas une femme, t'es un régime ! (*Pépé le Moko*)
妳設身處地替我想，早上是依內絲，中午是依內絲，晚上是依內絲：妳不是個女人，妳是個制約！

68 J'aime que tu me désires, mais je te méprise aussi pour ça. (*La Petite Tailleuse et Balzac*)
我喜歡你渴望我，但我也因此瞧不起你。

69 Ah, l’amour ! Une erreur et une faute grave. Mais on tranche ces liens si facilement. (*Pirates des Caraïbes, jusqu’au bout du monde*)

啊，愛情！一個錯誤，一個嚴重的過失，但人們卻那麼輕易地切斷這些關係。

70 Il y a trois jours, je te détestais. J’avais l’habitude de rêver que tu te faisais renverser par un taxi. Puis nous sommes allés en Alaska et les choses ont changé. Les choses ont changé quand nous nous sommes embrassés. Et quand tu m’as parlé de ton tatouage. Mais je ne me suis rendu compte de cela que quand je me suis retrouvé seul, dans une étable, sans femme. Maintenant, tu peux imaginer mon mécontentement quand j’ai pris conscience que la femme que j’aimais allait être expulsée. Donc Margaret, épouse-moi parce que j’aimerais beaucoup sortir avec toi. (*La proposition*)

三天前，我還討厭妳，總習慣幻想著妳被計程車撞翻。然後我們去了阿拉斯加，從我們相擁，事情開始改變。從妳和我說到妳的刺青後開始改變。但直到我發現自己依然孤單一人，沒有伴侶地處在馬廄裡時才意識到這一點。現在，妳應該可以想像當我意識到自己所愛的女人將被驅趕時的那種惱怒。因此，馬嘉莉，嫁給我吧，因為我想要多和妳出去走走。

71 Tu ne peux pas savoir ce que tu me plais. (*Quai des Brumes*)

妳無法知道我有多愛妳。

72

Je voulais te dire que, au moins une fois, j'avais été heureux dans la vie, à cause de toi. (*Quai des Brumes*)

我要對妳說，至少一次，我生命中曾如此快樂，因為有妳。

73

- Un homme et une fille ça peut pas s'entendre. Ils parlent pas pareil, ils ont pas le même vocabulaire.
- Ils peuvent peut-être pas s'entendre, mais ils peuvent s'aimer.

(*Quai des Brumes*)

- 男人和女人無法相處。他們說話的方式不同，沒有共同詞彙。
- 他們或許無法相處，但他們可以彼此相愛。

74

C'est le coup de foudre, le coup de bambou, l'amour quoi. Tu sais, le p'tit mec avec ses ailes dans les dos et puis les flèches. Les cœurs sur les arbres, la romance, puis les larmes. (*Quai des Brumes*)

那是一見鍾情，一箭穿心，愛情啦。你知道的，背上有翅膀的小傢伙，還有弓箭，心掛樹梢，羅曼史，然後是淚水。

75

- Pourquoi tu souris ?
- Je sais pas. Je croyais que la vie était tellement triste et puis je vois tout d'un coup que je me suis peut-être trompée, alors je suis contente.

(*Quai des Brumes*)

- 妳笑什麼？
- 我不知道。我本以為人生如此悲慘，然而我突然發覺我或許錯了，所以我很開心。

76

- T'es bien avec moi ?
- Oh, vous pouvez pas savoir comment je suis bien quand je suis avec vous. Je respire, je suis vivante. Ça doit être comme ça quand on est heureux.

(*Quai des Brumes*)

- 和我在一起開心嗎？
- 喔，你不知道和你在一起我有多開心。我呼吸，我生龍活虎。當人們快樂的時候應該是如此。

77

A vrai dire, je suis fière de mon coeur. Il a été brûlé, détruit, écrasé, piétiné... Mais il marche encore. (*Reviens-moi*)

說真的，我以我的心為傲：它燃燒過、毀滅過、被壓扁、被踐踏……但它還在運行。

78

Mon coeur jusqu'à présent a-t-il aimé ? Jurez que non, mes yeux, car jamais avant cette nuit je n'avais vu la vraie beauté. (*Roméo et Juliette*)

到目前為止，我的心曾愛過嗎？發誓說沒有，因為在今夜之前，我從未見過真正的美女。

79

Pourquoi cet amour querelleur, cette haine amoureuse, ce tout créé d'un rien, cette pesante légèreté, cette vanité sérieuse, cet innommable chaos des plus aimables formes. (*Roméo et Juliette*)

為什麼是這種喧鬧的愛情，這種愛戀的恨意，從虛無中生出的一切，沉重的輕盈，嚴重的虛榮，這從討喜的形式中展現無以名狀的混亂。

80 Viens douce nuit, viens vite amoureuse au front noir, donne-moi mon Roméo. Et quand je mourrai que tu le prennes et l'éclates en petites étoiles, dès lors, il embellira tant le visage du ciel que tout l'univers sera amoureux de la nuit, et que nul ne pourra plus adorer l'aveuglant soleil. (*Roméo et Juliette*)

來，溫柔之夜；快來，戀愛在黑暗前方之夜，把我的羅密歐給我。等他死的時候，把他拿去切碎成小小的繁星，從此天空如此美麗，整個宇宙都將愛上黑夜，不再崇拜那刺眼的太陽。

81 Je t'aime depuis notre première rencontre, mais je n'ai jamais vraiment voulu me l'avouer jusqu'à aujourd'hui. J'ai toujours tout anticipé, toujours pris des décisions par crainte. Aujourd'hui, grâce à toi, grâce à ce que j'ai appris de toi... Les choix que je fais sont totalement différents, ma vie a changé. J'ai appris que c'est comme ça qu'on vit pleinement sa vie, peu importe ce qu'il nous reste à vivre, cinq petites minutes ou cinquante ans. Samantha, sans cette journée et si je ne t'avais pas connu, je n'aurais jamais su ce que c'est que l'amour. Alors je te remercie de m'avoir appris à aimer aussi fort et de m'avoir appris à recevoir. (*Si seulement...*)

從第一次碰面我就愛上了妳，但直到今天才想向妳表白。我總是想預料一切，總是出於恐懼而下決定，如今，多虧妳，多虧我從妳身上學習到的，我的選擇完全不同，我的人生改變了。我學到，無論剩下多少時間，短短五分鐘或漫漫五十年，依然要活下去。珊曼莎，若沒有今天，若從未認識妳，我將永遠不懂愛為何物，因此，謝謝妳教會我深深地愛和去接受它。

82

- Deux cafés à l'italienne !
- Oui, deux cafés bien serrés.
- Serrés comment ?
- Serrés l'un contre l'autre !

(*La Sirène du Mississippi*)

- 兩杯義式咖啡！
- 嗯，兩杯濃咖啡。
- 濃度是？
- 濃得化不開！

83

Notre amour est comme le vent, je ne peux pas le voir mais je peux le sentir. (*Le temps d'un automne*)

我們的愛像一陣風，我看不見但卻感覺得到它。（有首國語歌名為〈風從哪裡來〉：愛像一陣風陣陣吹過來……）

84

L'amour est toujours passion et désintéressé. Il n'est jamais jaloux. L'amour n'est ni prétentieux, ni orgueilleux. Il n'est jamais grossier, ni égoïste. Il n'est pas colérique. Et il n'est pas rancunier. L'amour ne se réjouit pas de tous les péchés d'autrui. Mais trouve sa joie dans l'infinité. Il excuse tout. Il croit tout. Il espère tout. Et endure tout. Voilà ce qu'est l'amour. (*Le temps d'un automne*)

愛總是熱情和無私的。它從不嫉妒，亦不矯飾或傲慢；它不粗野、不自私、不易怒、也不記恨。愛不以他人的罪惡為樂，但從永恆中找尋它的快樂。它原諒一切、相信一切、期盼一切、並容忍一切。這就是愛情啊。

85

Tu sais ce qu'est l'amour dans notre famille ? C'est un coup de poignard dans le coeur. (*Tetro*)

你知道在我們家何謂愛情？那是心頭上的一把刀。

86

- Combien en avez-vous aimé avant moi ?
- Aucune.
- Et après moi ?
- Aucune. (*Tristan et Yseult*)
- 在我之前你愛過多少人？
- 一個也沒有。
- 那在我之後呢？
- 一個也不會有。

87

L'histoire dira que notre amour a détruit le royaume. (*Tristan et Yseult*)
歷史將會說我們的愛情毀了王國。

88

Excusez-moi, je ne peux pas parler sérieusement avec les jolies femmes. (*Un homme et une femme*)
對不起，我無法跟美女認真說話。

89

Quand Mathilde et Manech ont fait l'amour pour la première fois, il s'est endormi la main posée sur son sein. Et chaque fois que sa blessure le lance, Manech sent le coeur de Mathilde battre dans sa paume.
Et chaque pulsation la rapproche de lui. (*Un long dimanche de fiançailles*)
當瑪蒂德和馬涅克第一次做愛後，他將手放在她胸前睡著了。之後每當她的傷口陣痛，馬涅克就會感覺到瑪蒂德的心在他掌心中跳動，而每次脈動都將她拉近他。

90

Mais tu m'emmerdes. Tu m'emmerdes gentiment, affectueusement, avec amour, mais tu m'emmerdes. (*Un signe en hiver*)
你惹我討厭。你用愛情輕柔地、具愛意地惹我討厭，不過你就是惹我討厭！

91

- C'est la fin ?
- Ben oui, c'est la fin.
- Et ça vous fait de la peine ?
- Ben, c'est surtout que je sais plus où habiter.

(*Une femme de ménage*)

- 這是結局嗎？
- 對，這就是結局。
- 而這讓你感到痛苦嗎？
- 對，尤其是我不知道之後要住哪兒了。

92

Non je n'ai aucun coeur ! Je n'éprouve ni amour, ni peur ; aucun chagrin, ni joie d'aucune sorte ; je ne suis qu'une enveloppe charnelle, destiné à vivre jusqu'à la fin des temps ! (*Van Helsing*)

不，我沒心沒肝！我不愛也不怕，不難過也不高興，我只是個肉皮囊，註定要這樣活到老。

93

La vérité ? C'est qu'il est possible d'aimer pour toujours mais pas tout le temps. (*La vérité ou presque*)

真相？是可能永遠愛，但並非時時刻刻。

Les Chansons d'amour

戀戀香頌

1. Il n’y a pas d’amour sans peine, et pourtant, depuis l’aube du temps les gens s’aiment. (Salvatore Adamo, *Il n’y a pas d’amour sans peine*)
沒有愛情不痛苦，然而，天一亮，人們又相愛了。

2. Si tu étais la mer, moi je serais rivière. Et mes jours couleraient vers toi. Si tu étais pays, mes bras seraient frontières. Si tu étais. Mais tu es plus encore, tu es, tu es. Et tu remplis mes jours, tu es de vie, tu es d’amour, tu es. (Salvatore Adamo, *Si tu étais, dernier couplet et refrain*)
如果妳是海，我將會是河流。我的歲月將流向妳。如果妳是國家，我的臂彎將是邊界。如果妳是。但妳更是，妳是，妳是。而妳填滿我的日子，妳是生命，妳是愛，妳是。

3. Tombe la neige. Tu ne viendras pas ce soir. Tombe la neige. Et mon coeur s’habille de noir. (Salvatore Adamo, *Tombe la neige*)
下雪了。今夜妳不會來。下雪了。我心籠罩在黑暗中。

4. Je t’aime tant, et je suis prêt à affronter, dans ma folie, tous les hasards, tous les dangers, comme un défi. (Charles Aznavour, *Je t’aime tant*)
我是如此地愛妳，我已準備好，面對瘋狂，面對所有的偶然、危險與挑戰。

5. Je te veux si tu veux de moi. (Daniel Balavoine, *L’Aziza*)
如果妳要我，我就要妳。

6. L'amour est enfant de Bohême, il n'a jamais connu de loi. Si tu ne m'aimes pas, je t'aime. Si je t'aime, prends garde à toi ! Si tu ne m'aimes pas, si tu ne m'aimes pas, je t'aime. Mais si je t'aime, si je t'aime, prends garde à toi. (Bizet, *Carmen*)
愛是波希米亞的孩子，它永遠不遵循律法。如果你不愛我，我愛你。如果我愛你，你要當心！如果你不愛我，如果你不愛我，我愛你。但如果我愛你，如果我愛你，你要當心！

7. Parlez-moi d'amour, redites-moi des choses tendres. Votre beau discours, mon coeur n'est pas las de l'entendre. (Lucienne Boyer, *Parlez-moi d'amour*)
對我細訴愛語吧，再說說那些溫馨的小事。你的甜言蜜語，我的心百聽不厭。

8. Quand je les vois main dans la main fumant le même mégot, je sens un pincement dans son coeur, mais elle n'ose dire un mot. (Lucienne Boyer, *Parlez-moi d'amour*)
當我看見他們手挽著手吸著同一根菸時，我感覺到她心臟一陣緊縮卻不敢言語。

9. Toi que mon cœur a choisi d'aimer, toi que mon corps ne peut refuser, je ne peux t'oublier parce que je t'aime. (Mike Brant, *Parce que je t'aime plus que moi*)
妳是我的心選擇要愛的，妳是我的身體無法拒絕的，我無法忘記妳，因為我愛妳。

10. Ne me quitte pas, il faut oublier, tout peut s'oublier, qui s'enfuit déjà, oublier le temps, des malentendus, et le temps perdu, à savoir comment, oublier ces heures. (Jacques Brel, *Ne me quitte pas*)
不要離開我，應該忘記，一切都可忘記，那已消失的一切，忘記時間，忘記誤解，還有逝去的時光，要知道如何，忘卻這些時光。

11. Laisse-moi devenir l'ombre de ton ombre, l'ombre de ta main, l'ombre de ton chien. Mais ne me quitte pas. (Jacques Brel, *Ne me quitte pas*)
就讓我變成妳影子的影子、妳手的影子、妳狗的影子，但別離開我。

12. Quand on n'a que l'amour, mon amour toi et moi, pour qu'éclatent de joie, chaque heure et chaque jour. (Jacques Brel, *Quand on n'a que l'amour*)
當我們只有愛情時，我的愛人，妳和我，讓每日每刻，都散發著歡愉。

13. Mais j'trouve pas d'refrain à notre histoire. Tous les mots qui m'viennent sont dérisoires. J'sais bien qu'j'l'ai trop dit, mais j'te l'dis quand même... je t'aime. (Patrick Bruel, *J'te l'dit quand même*)
但是我們的故事沒有副歌。我所說過的話都無足輕重。我知道我已經說得太多，但我依然要對妳說……我愛妳。

14. Comment ne pas perdre la tête, serrée par des bras audacieux. Car l'on croit toujours aux doux mots d'amour. (Patrick Bruel, *Mon amant de Saint-Jean*)
如何在大膽的臂膀之中能不意亂情迷。因為人們總是相信那些蜜語甜言。

15 Vous pouvez détruire, tout ce qu'il vous plaira. Elle n'aura qu'à ouvrir, l'espace de ses bras. Pour tout reconstruire, pour tout reconstruire, je l'aime à mourir. (François Cabrel, *Je l'aime à mourir*)
你們可以摧毀你們喜歡的一切。她只需張開雙臂。那是她寬廣的天地，那裡可以重建一切，那裡可以重建一切，我愛她至死不渝。

16 Les flocons de neige couvraient tes cheveux. Et la lune beige nous rendait heureux, je t'ai dit : "Je t'aime", dans la paix des bois, la neige en Bohème fondait sous nos pas. (Les Classels, *Le Sentier de Neige*)
雪花覆蓋妳的秀髮。月暈令我們快樂。我曾對妳說：「我愛妳」，在靜謐的林子裡，飄盪的雪花在我們腳下融化。

17 Je n'ose pas vous dire, je vous désire ou même pire. (Julien Clerc, *Femmes, je vous aime*)
我不敢對妳們說，我渴望妳們或者比這還強烈。

18 Où es-tu ? Que fais-tu ? Est-ce que j'existe encore pour toi ? (Joe Dassin, *L'été indien*)
妳在哪兒？妳在做什麼？對妳而言我還存在嗎？

19 On ira où tu voudras, quand tu voudras, et on s'aimera encore, lorsque l'amour sera mort, toute la vie sera pareil à ce matin, aux couleurs de l'été indien. (Joe Dassin, *L'été indien*)
不論何時，妳想去哪裡，我們就去哪裡，我們將會依然相愛，哪怕愛情死去，整個生命就像這個早晨，充滿印地安之夏的色彩。

20 L'important c'est toi et moi, tant qu'il y aura une étoile qui brillera, l'important c'est notre amour, et de croire à notre histoire jour après jour. (Christian Delagrange, *L'important c'est toi et moi*)

重要的是妳和我，當星星在閃爍時，重要的是我們的愛，並日復一日地相信我們的故事。

21 De toi je deviens fou, je t'aime à en mourir, tu es pour moi je l'avoue : mon soleil, mon avenir. (Christian Delagrange, *Oui de toi je deviens fou*)

我因妳而瘋狂，我愛妳至死方休，我承認妳對我而言是我的太陽、我的未來。

22 Mon cœur te dit je t'aime, il est perdu sans toi ; mon cœur te crie je t'aime, à chaque fois qu'il bat. (Frédéric François, *Mon cœur te dit je t'aime*)

我的心對妳說我愛妳，沒有妳我的心是迷惘的；我的心對妳吶喊我愛妳，每當它跳動的時候。

23 La vie ne vaut d'être vécue, sans amour. (Serge Gainsbourg, *La Javanaise*)

生命中沒有愛不值得活著。

24 Là-bas, loin de nos vies, de nos villages. J'oublierai ta voix, ton visage. J'ai beau te serrer dans mes bras, tu m'échappes déjà, là-bas. (Jean-Jacques Goldman, *Là-bas*)

他方，遠離我們的生活、我們的村莊。我會忘記妳的音容笑顏。我徒勞地擁妳入懷，妳的心早已飛向他方。

25 Oh, dis-le dis-le moi, dis-le dis-le dis-le moi, quand vas-tu te décider à me passer la bague au doigt ? (Françoise Hardy, *La bague au doigt*)

喔，告訴我，告訴我，跟我說那件事嘛，你什麼時候決定把戒指給我呀？

26 Tous les garçons et les filles de mon âge, se promènent dans la rue deux par deux. Tous les garçons et les filles de mon âge, savent bien ce que c'est qu'être heureux, et les yeux dans les yeux, et la main dans la main ils s'en vont amoureux, sans peur du lendemain. Oui mais moi je vais seule par les rues l'âme en peine, oui mais moi, je vais seule, car personne ne m'aime... (Françoise Hardy, *Tous les garçons et les filles*)

所有同齡的男孩和女孩，雙雙走在街上。所有同齡的男孩和女孩，知道快樂是什麼，互相凝視、手牽著手，他們相愛，無畏明天。但我，我在街上心情沉重，但我，踽踽獨行，因沒人愛我……

27 Ah ! C'est toi que je veux voir, Ô mon amour ! Ô mon espoir ! Te presser dans mes bras ! (Hérodiade, *Vision fugitive*)

啊！我想見到你，喔我的愛！喔我的希望！將你緊抱滿懷！

28 J'ai demandé à la lune si tu voulais encore de moi. (Indonchine, *J'ai demandé à la lune*)

我曾問過月亮，你是否還要我。

29 Mademoiselle chante le blues, soyez pas trop jalouse. (Patricia Kass, *Mademoiselle chante le blues*)

小姐唱著藍調歌曲，別太嫉妒。

30 Je t’aime encore, je t’aime toujours ; je t’aime plus fort, jour après jour. (Ronan Keating, *Je t’aime encore*)

我仍然愛妳，我一直愛妳，日復一日，我愛妳越來越深。

31 Je t’aime mon amour, je t’aimerai toujours, je ne fais que penser à tes tendres baisers ; promets-moi mon amour d’être à moi pour toujours, ne jamais me quitter et de toujours s’aimer. (Willie Lamothe, *Je t’aime mon amour*)

我的愛人我愛妳，我會一直愛妳，我只想著妳輕柔的擁吻；我的愛人，答應我永遠屬於我，絕不離開我，並始終相愛。

32 Belle, est-ce le diable qui s’est incarné en elle, pour détourner mes yeux du Dieu éternel ? Qui a mis dans mon être ce désir charnel, pour m’empêcher de regarder vers le ciel ? (Daniel Lavoie, *Belle*, *Notre-Dame de Paris)*

美人，她是否被魔鬼附身，把我的目光從上帝的身上移開？是誰把情欲置入我的軀體，阻止我仰望天國？

33 Elle porte en elle le péché originel, la désirer fait-il de moi un criminel ? Celle qu’on prenait pour une fille de joie, une fille de rien, semble soudain porter la croix du genre humain, ô notre dame ! Oh laisse-moi rien qu’une fois, pousser la porte du jardin d’Esmeralda. (Daniel Lavoie, *Belle*, *Notre-Dame de Paris*)

她身上負有原罪，渴望占有她是否讓我犯罪？這個美女，被人看成卑賤的風塵女子，似乎背負了人類的十字架，喔，聖母！喔！哪怕只給我一次機會，推開艾絲梅哈達花園的門扉。

34 Je suis dingue, je suis accro, je suis love, je suis mordu de toi ! Je t'aime comme un fou. (Marvin, *Trop jaloux*)
我瘋了，我上癮了，我愛妳，我迷戀妳！我像瘋子般愛妳。

35 Plaisir d'amour ne dure qu'un moment, chagrin d'amour dure toute la vie. (Nana Mouskouri, *Plaisir d'amour*)
愛的喜悅非常短暫，愛的苦痛持續一生。

36 Oh ! Je voudrais tant que tu te souviennes, des jours heureux où nous étions amis, en ce temps-là la vie était plus belle, et le soleil plus brûlant qu'aujourd'hui. (Yves Montand, *Les feuilles mortes*)
噢！我多麼希望妳會記得，我們曾在一起的時光，那時的生活更為美好，太陽也比今日炙熱。

37 C'est une chanson qui nous ressemble. Toi, tu m'aimais et je t'aimais, et nous vivions tous les deux ensemble, toi qui m'aimais, moi qui t'aimais. Mais la vie sépare ceux qui s'aiment, tout doucement, sans faire de bruit, et la mer efface sur le sable, les pas des amants désunis. (Yves Montand, *Les feuilles mortes*)
這是一首與妳我相仿的歌。妳曾愛過我，我也曾愛過妳，我們曾經生活在一起，妳曾愛我，我曾愛妳。可生活總使相愛的人分離，從從容容，無聲無息，就像大海抹去情人留在沙灘上雜沓的足跡。

38 Il y a longtemps que je t'aime.
我喜歡妳已經很久了。（電影、書同名作，Claude Philippe）

39 L’amour ne s’explique pas ! C’est une chose comme ça. Qui vient on ne sait d’où, et vous prend tout à coup. À quoi ça sert l’amour, et j’y croirai toujours ? Ça sert à ça, l’amour ! Mais toi, t’es le dernier. Mais toi, t’es le premier ! Avant toi, y avait rien. Avec toi je suis bien ! C’est toi que je voulais. C’est toi qu’il me fallait ! Toi que j’aimerai toujours ? Ça sert à ça, l’amour ! (Edith Piaf, *A quoi ça sert l’amour*)

愛情不須解釋！它就是如此這般。它不知從何而來，突然就降臨。愛情究竟有什麼好，而我始終相信它？愛情就是為了這件事！而你，你是最後。而你，你是最初！在你之前什麼都沒有，有你在我就一切都好！你就是我想要的，你就是我需要的！你是我一直愛的人？愛情就是為了這件事！

40 Le ciel bleu sur nous peut s’effrondrer, et la terre peut bien s’écrouler. Peu m’importe si tu m’aimes, je me fous du monde entier. (Edith Piaf, *L’Hymne à l’amour*)

頂上的天空可能崩裂，足下的大地可能塌陷。只要你愛我，這些都無所謂，全世界我也不理會。

41 Tu es tout pour moi, je suis intoxiquée, et je t’aime, je t’aime à en crever. (Édith Piaf, *Je t’ai dans la peau*)

你是我的全部，我中了你的毒，我愛你，我愛死你了。

42 Quand il me prend dans ses bras, il me parle tout bas, je vois la vie en rose. Il me dit des mots d’amour, des mots de tous les jours, et ça me fait quelque chose. (Edith Piaf, *La vie en rose*)

當他擁我入懷，他對我輕聲細語，我看見玫瑰人生。他對我甜言蜜語，天天說不完的情話，對我起了作用。

43 Non, rien de rien. Non, je ne regrette rien. C'est payé, balayé, oublié, je me fous du passé. (Edith Piaf, *Non, je ne regrette rien*)

不，一點也不。不，我一點也不後悔。已付出，已雲淡風輕，已遺忘，我不在乎過去。

44 Mon manège à moi c'est toi... tu me fais tourner la tête. (Edith Piaf, *Tu me fais tourner la tête*)

你是我的旋轉木馬……是你令我天旋地轉。

45 Aimer, c'est ce qu'y a d'plus beau. Aimer, c'est monter si haut... (*Roméo et Juliette, Aimer*)

愛是最美，愛是登高……

46 Je vais t'aimer comme personne n'a osé t'aimer ; je vais t'aimer comme j'aurai tellement aimé être aimé. (Michel Sardou*, Je vais t'aimer*)

我要愛妳像沒有人敢如此愛妳一般；我要愛妳像我想要被愛那般。

47 Elle court, elle court, la maladie d'amour, dans le coeur des enfants, de sept à soixante-dix-sept ans. Elle chante, elle chante, la rivière insolente, qui unit dans son lit, les cheveux blonds les cheveux gris. (Michel Sardou, *La maladie d'amour*)

愛在奔流，愛在奔流，這相思相愛的力量，在孩子們的心中奔流，不論七歲還是七十七歲。愛在歌唱，愛在歌唱，這是一條愛的激流，在這河床裡，匯集了金髮和銀髮。

48 Elle fait chanter les hommes et s'agrandir le monde. Elle fait parfois souffrir tout le long d'une vie, elle fait pleurer les femmes, elle fait crier dans l'ombre. Mais le plus douloureux c'est quand on en guérit. (Michel Sardou, *La maladie d'amour*)

愛讓男人歌唱，讓世界寬廣。愛有時也讓人們一輩子受傷，愛讓女人流淚，在黑暗中吶喊。但最大的痛苦是在痊癒之後。

49 Marions-nous sans perdre le temps. (Anne Sylvestre, *Gay marions-nous*)

我們馬上結婚，別浪費時間了。

50 L'amour est un petit bateau, qui s'en va, tout joyeux, sur l'onde, voguant vers des pays nouveaux, au hasard de sa course vagabonde. (Charles Trenet, *Bateau d'amour*)

愛情是葉小舟，它乘浪開心地走了，漂向新的國度，隨波流浪。

51 Quand notre coeur fait Boum, tout avec lui dit Boum. Et c'est l'amour qui s'éveille. (Charles Trenet, *Boum*)

當我們怦然心動，一切隨之怦然。而愛情它甦醒了。

52 En souvenir de toi tendrement je fredonne. Cette chanson d'amour dont le refrain si doux. Nous parlions du Printemps, à présent c'est l'Automne. Je me souviens de toi, je me souviens de nous… (Charles Trenet, *En souvenir de toi)*

我哼唱著，溫柔地憶起妳。這首情歌溫柔的副歌。現在是秋季我們卻談著春天。我憶起妳，我憶起我們……

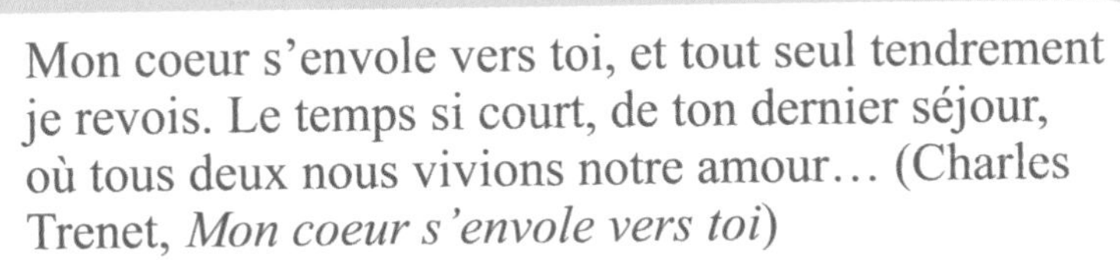

53 Mon coeur s'envole vers toi, et tout seul tendrement je revois. Le temps si court, de ton dernier séjour, où tous deux nous vivions notre amour… (Charles Trenet, *Mon coeur s'envole vers toi*)

我的心飛向妳，我再見它輕柔獨行於妳上次的住所，時光苦短，我們活在愛情裡……

54 Autant d'oiseaux au monde, autant de lettres d'amour. Que le facteur apporte, et glisse sous les portes. C'est le courrier du cœur, le courrier du bonheur. (Charles Trenet, *Quand un facteur s'envole)*

世上有多少鳥兒，就有多少封情書。郵差攜件，它滑入門縫。這是愛之箇，幸福之箇。

The
chocolate
Cafe
Cocktails
chocolate
Liqueurs

SMS d'amour

愛情簡訊

1. Toute ma vie j'ai cherché le bonheur et auprès de toi je l'ai trouvé.
   我一生都在尋找幸福，而我在你身上找到了它。

2. Regarde-moi pour que je m'y perds pour toujours dans tes yeux.
   看著我，讓我在你的眼中永遠迷失自己。

3. Je t'aime d'un amour fou et jamais je ne cesserai de t'aimer.
   我瘋狂地愛你，且我將永遠不會停止愛你。

4. Ma vie, près de toi, c'est comme un paradis. Je t'aime.
   有你在我身邊的日子，就像在天堂一般。我愛你。

5. Tu es le plus beau cadeau que la vie m'a offert.
   你是生命所賜給我最美的禮物。

6. Chaque jour, je réalise encore plus combien je t'aime.
   每天我都更發覺我是多麼愛你。

7. J'aime quand tu es avec moi ; tout simplement, je t'aime.
   我愛和你在一起的時刻；簡單來說，我愛你。

8. A tes côtés, il n'y a pas de douleur, il n'y a que du bonheur.
   在你身邊，沒有痛苦，只有幸福。

9. Loin de toi, je me sens triste, ma vie devient sans intérêt.
   遠離你，我感到難過，我的生命變得了無生趣。

10. C’est toi mon unique amour, toi le seul et pour toujours !
你是我唯一的愛，你是唯一和永恆！

11. J’aime ton sourire, ta gentillesse : j’aime tout en toi.
我愛你的微笑、你的和善：我愛你的一切。

12. Je peux tout abandonner, sauf mon amour pour toi.
我可以拋棄一切，除了我對你的愛。

13. Tu es mon étoile, mon guide dans la vie.
你是我的星星、我生命中的指南。

14. Sois sûr d’une chose, je t’aime à la folie.
可以確定的一件事，我瘋狂地愛你。

15. Mille baisers pour ton amour. Je t’aime.
給你的愛一千個吻。我愛你。

16. Ma joie c’est d’être avec toi pour toujours.
我的快樂就是永遠和你在一起。

17. Je t’aime du plus profond de mon coeur.
我打從心底最深處愛你。

18. Tu es l’air que je respire, tu es mon oxygène.
你是我所呼吸的空氣，你是我的氧氣。

19. Je ne t’aime pas, je suis fou amoureux de toi !
我不愛你，我瘋狂地愛著你！

20 Près de toi j'ai trouvé mon bonheur.
在你身邊我找到了我的幸福。

21 Il y a une main que j'aime tenir, un visage que j'aime regarder, des lèvres que j'aime embrasser et un coeur que j'aime ! ! C'est de toi que je parle...
有一隻我愛緊握的手、一張我愛凝視的臉、一雙我愛親吻的唇與一顆我愛的心！！我講的就是你……

22 Si tu étais ma fleur, je te planterais dans mon coeur afin de pouvoir prendre soin de toi tous les jours.
如果妳是我的花朵，我會在我心裡種下妳，好讓我可以每天照顧妳。

23 Je suis là pour toi mon amour, pour t'aimer, te prendre dans mes bras et le protéger de tout. Je suis là aussi pour recevoir ton amour en retour. Je suis là parce que je ne pourrais vivre sans toi mon amour.
我就在這兒，為了你我的愛，為了愛你，為了把你擁入我懷裡並保護你。我就在這兒，為了得到你回報的愛。我在這兒是因為我的生活中不能沒有你。

24 Je t'aime comme on aime le soleil, sans elle le monde ne sera que froid glaciale, tu es la flamme qui rend ton monde plus beau, avec ton amour tous mes rêves se réalisent, soleil de ma vie je t'aime sans toi ce monde n'est pas le mien.
我愛你就像人們愛太陽，如果沒有它的話，世界就會冷如冰霜，你是讓我的世界更美麗的火焰，有你的愛我的夢想都會實現，你是我生命中的太陽，我愛你，沒有你這世界不屬於我。

25 L'étoile qu'incarne ton être fait briller mes yeux, chaque fois que je te regarde je suis éblouit de ta beauté.

妳所化為的那顆星星使我的雙眼閃爍，每次我望向妳的時候，我都會被妳的美麗所迷惑。

26 Dès que j'entends ton prénom, je relève la tête, l'air de rien, et on me dit qu'on peut voir des étoiles briller dans mes yeux.

當我一聽到你的名字時，便若無其事地抬起頭，而人們告訴我此時他們可以看到星星在我眼中閃爍。

27 T'aimer sans te reconnaître c'est peut-être possible, mais te connaître sans t'aimer c'est impossible.

在不認識你的情況下愛上你是有可能的，但認識你卻不愛你是不可能的。

28 Beaucoup de gens m'appellent par mon prénom, mais toi suele qui rend ce prénom tellement spécial.

很多人以我的名字呼喚我，但妳是唯一賦予這個名字特別意義的人。

29 Ne me laisse pas, ne me lâche pas la main, car je sais que je ne pourrais pas suivre à ton absence.

不要離開我，不要放開我的手，因為我知道沒有你我無法繼續活下去。

30 Ton sourire me rend la vie, tu es unique, je ne pourrais jamais vivre sans toi, je te promets que je ferais tout pour te rendre heureuse.

你的微笑賜予我生命，你是特別的，沒有你我無法生活，我向你保證，我會盡一切努力讓你快樂。

31. Quand tu es avec moi je vis ma vie à 100%, mais quand tu n'es pas là ma vie est en suspens, un mal me ronge parce que tu me manques.
當你跟我在一起的時候，我將百分之百地過我的生活，但當你不在時，我的生命失去意義，痛苦啃食著我，因為我想你。

32. Plus t'aimer était un sport, alors je multiplierais les médailles d'or.
愛你是一種運動，我會累積金牌的。

33. Tout mon amour t'est destiné, je t'aimerai maintenant et pour l'éternité.
我所有的愛都是為了你，我現在愛你並將永遠愛你。

34. Je t'ai aimé et je t'aimerai pour toujours, tu es, ma joie, ma destinée, mon rêve le plus beau.
我愛過你並將永遠愛你，你是我的愉悅、我的宿命、我最美的夢。

35. Pour moi mon amour la plus belle mélodie c'est le son de ta voix.
親愛的，對我來說，最美的旋律就是你的聲音。

36. Quand nous sommes ensemble je me sens bien et je comprends que c'est toi que j'aime.
當我們在一起時，我感到自在，且我知道我愛的就是你。

37. Une seule chose que je ne me veux pas que tu oublies « je t'aime ».
唯一一件我不希望你忘記的事就是「我愛你」。

38 Je me sens chez moi seulement quand je suis avec toi.
只有和你在一起的時候，我才覺得像是回到了家。

39 Je veux suspendre le temps et m'accorcher en ton coeur pour longtemps.
我希望時間靜止，並久久掛在你的心上。

40 Dans mes sentiments et dans ma vie tu m'entraînes dans ta folie.
在我的情感與我的生命中，你使我陷入瘋狂。

41 Je suis noyé dans ton amour qui m'emporte loin dans un rêve de bonheur.
我沉溺於妳的愛中，它把我帶到幸福的夢中。

42 Lorsque j'écris pour toi, mes mots sont remplis d'amour et de passion.
當我寫信給你的時候，我的文字中充滿了熱情與愛意。

43 Quand sur tes lèvres se dessine un sourire ! J'aime y déposer un bisou d'amour.
當微笑出現在你的雙唇上時，我喜歡給它一個愛之吻。

44 Tout mon amour, toutes mes pensées, seront pour toi et toi seule.
我所有的愛，我所有的思緒，都只為了妳一人。

45 Beaucoup de charme, un joli sourire, tu es celle que j'aime.
魅力十足、笑容燦爛，妳是我愛的人。

46. La douce musique de ta voix enveloppe tendrement mon coeur d'un parfum de bonheur.
你聲音中甜美的音樂使我的心充滿著幸福的氣息。

47. Les quelques mots d'amour que je t'envoie sont rien comparées à l'amour que j'ai pour toi.
跟我對你的愛相比，這些傳給你愛的字句簡直無足輕重。

48. Dans mon coeur tu es enfermée et pour te garder, j'ai perdu la clé.
我把妳鎖在我的心中，為了留住妳，我把鑰匙丟了。

49. Chaque jour près de toi est un paradis mais loin de toi chaque jour est en enfer.
在你身邊的每一天都像天堂，但遠離你的每一天都像地獄。

50. J'ai tout mais si tu es loin de moi, alors je n'ai rien parce que tu es tout pour moi.
我擁有一切，但如果你離我很遠的話，我便一無所有，因為你就是我的一切。

51. Mon amour pour toi est aussi grand qu'innombrables sont les étoiles dans le ciel.
我對你的愛就像天空中的星星一樣不計其數。

52. Notre amour est comme une douce brise, je ne le vois pas mais je le ressens.
我們的愛就像一陣微風，我看不到它，但可以感受到它。

La Sérénade

晚安小曲

1. Avant de m'endormir je me remémore les beaux moments que j'ai passés avec toi. Saches que je penserai à toi toutes les nuits avant de sombrer dans les doux rêves du sommeil. Je t'aime.
入睡之前，我回想著與你度過的美好時光。要知道我每夜都會在進入溫柔夢鄉前想你。我愛你。

2. Bonne nuit mon amour. Je t'aime à un point qui je rêverais de toi toutes les nuits er ce jusqu'à la fin de ma vie.
晚安我的愛。我愛你愛到每晚夢見你，直到天長地久。

3. Dépêche-toi de dormir, pour me retrouver dans mon rêve car je vais rêver de tes baisers et de ta douceur.
趕快入睡吧，好讓我快入夢，因為我將夢到你的親吻和你的溫柔。

4. En cette douce nuit, laisse-moi bercer ton sommeil par un doux et tendre murmure, bonne nuit mon amour.
在這溫馨的夜晚，讓我以輕柔絮語搖你入睡，晚安我的愛。

5. Les étoiles te disent bonne nuit, la fleur de jasmin parfume ton lit, et mon coeur te dit je t'aime pour la vie !
星星向你道晚安，茉莉花薰香你的床，而我的心告訴你我一生都愛你！

6. Je sais que tu as passé une dure journée. Alors, pour te réconforter je viens te souhaiter une bonne nuit pleine de beaux rêves.
我曉得你度過辛苦的一天，所以我來安慰你祝你晚安、整夜好夢。

7. Mon lit est tellement froid sans ta chaleur ! Mon oreiller, aussi doux qu'il soit, ne remplacera pas ta douceur ! J'espère te retrouver dans mes rêves. Je t'embrasse fort.
沒有你的體熱，我的床好冷！我的枕頭，多麼地柔軟，卻無法取代你的溫柔！希望在夢中與你重逢。我熱烈地擁吻你。

8. Loin de toi mais sous le même ciel couvert d'étoile, je pense fortement à toi et j'espère te retrouver dans mes rêves. Passe une douce nuit mon amour. A demain.
與你相隔，但在同樣的星空下，我好想你，也希望能在夢中與你重逢。祝你有個美好的夜晚，親愛的。明天見。

9. Petit message pour te dire, ce soir, à quel point je t'aime et à quel point j'ai de la chance de t'avoir dans ma vie ! Bonne nuit, dors bien, je t'aime.
今晚捎個小箋對你說我是多麼愛你及多麼幸運在生命中有你！晚安，睡吧，我愛你。

10. Quand je ferme les yeux avant de dormir, je vois ton visage, ton sourire et je me rappelle des beaux moments quand a passé ensemble. Ça me permet de passer une très bonne nuit ! Bonne nuit mon amour. Je t'aime.
當我睡前閉上雙眼，我看見你的臉龐、你的微笑，而我憶起一塊兒度過的美好時光。這令我度過了一個美好的夜晚：晚安，我的愛，我愛你。

11. Ne tarde pas à te coucher pour me rejoindre dans mes rêves, je t'attends viens me rejoindre dans le pays de l'amour.
別太晚睡，好早點入我的夢，我等你來加入愛情國度。

Référence

參考資料

Achard, Marcel, *Gugusse*, Paris : La Table Ronde, 1969.

Achard, Marcel, *Je ne vous aime pas*, Paris : Gallimard, 1926.

Achard, Marcel, *Jean de la Lune*, Paris : La Table Ronde, 1967.

Achard, Marcel, *Le Crosaire*, Paris : Gallimard, 1938.

Achard, Marcel, *Patate*, Paris : La Table Ronde, 1957.

Allais, Alphonse, *à se tordre*, Paris : Magnard, 2007.

Allais, Alphonse, *Le Chat Noir*, Paris : Le Chat Noir, 1890.

Allais, Alphonse, *Vive la vie*, Paris : Flammarion, 1963.

Apollinaire, Guillaume, *Alcools : poèmes : 1898-1913*, Paris : Edition de la Nouvelle Revue Française, 1920.

Aragon, Louis, *Le Paysage de Paris*, Paris : Gallimard, 1926.

Aragon, Louis, *Les Yeux d'Elsa*, Paris : Seghers, 2012.

Auster, Paul, *Moon Palace*, Arles : Actes Sud, 2018.

de Balzac, Honoré, *La Femme Abandonnée*, Paris : Le livre de poche, 2014.

de Balzac, Honoré, *La Femme de trente ans*, Paris : Gallimard, 1977.

de Balzac, Honoré, *La Fille aux yeux d'or*, Paris : Flammarion, 1990.

de Balzac, Honoré, *La Recherche de l'absolu*, Paris : Gallimard, 1976.

de Balzac, Honoré, *Le Contrat de Mariage*, Paris : Gallimard, 1978.

de Balzac, Honoré, *Melmoth réconcilié*, Lausanne : Skira, 1946.

de Balzac, Honoré, *Physiologie du mariage*, Paris : Gallimard, 1976.

Barthes, Roland, *Fragment d'un discours amoureux*, Paris : Seuil, 1977.

Beacco, J. C., *Parlez-Lui D'Amour*, Paris : Cle International, 1988.

Beaumarchais, *Le Mariage de Figaro*, Paris : J'ai lu, 2004.

de Beauvoir, Simone, *Le Deuxième Sexe*, Paris : Gallimard, 1986.

Bedel, Maurice, *Jérôme 60° de latitude nord*, Paris : Gallimard, 1927.

Biet, Christian, *Je vous aime ou l'art d'avouer au théâtre*, Paris : Gallimard Jeunesse, 1996.
Boileau, Nicolas, *Art Poétique*, Paris : Hachette, 2013.
Bosquet, Alain, *Les Tigres de Papier*, Paris : Grasset, 1968.
Brenot, Philippe & Coryn, Laetitia, *L'incroyable histoire du sexe, Livre I – En occident*, Paris : Editions Les Arènes, 2020.
Camus, Albert, *Les Justes*, Paris : Gallimard, 2008.
de Chamfort, Sébatien Nicolas, *Maximes et Pensées*, Paris : Gallimard, 2001.
de Crébillon, Claude-Prosper, *Les égarements du cœur et de l'esprit*, Paris : Flammarion, 1993.
Crosnier, Christelle & Vlacci, Valérie, *L'amour comme au cinéma*, Paris : Flammarion, 2007.
Daumas, Maurice, *La Tendresse Amoureuse, 16e-18e siècles*, Paris : Librairie Académie Perrin, 1996.
Dumas fils, Alexandre, *La Dame aux camélias*, Paris : Le livre de poche, 1975.
Duras, Marguerite, *L'Amour*, Paris : Folio, 1992.
Euripide, *Hippolyte*, Paris : Hachette Livre, 2013.
France, Anatole, *La Rôtisserie de la reine Pédauque*, Paris : Gallimard, 1989.
Flaubert, Gustave, *Lettres à sa maîtresse*, vol. 3, Rennes : La Part Commune, 2008.
Florian-Pouilloux, Sylvie, *Brouilles et querelles ou l'art de se fâcher au théâtre*, Paris : Gallimard, 1996.
Gide, André, *Isabelle*, Paris : Gallimard, 1972.
Gide, André, *Journal*, Paris : Gallimard, 2012.
Girard, René, *Mensonge romantique et vérité romanesque*, Paris : Grasset,

2011.

Goldoni, Carlo, *Arlequin valet de deux maîtres*, Paris : Flammarion, 1998.

Goncourt, E. & J., *Idées et Sensations*, Paris : Hachette : 2013.

Guitry, Sacha, *Je t'adore*, Paris : Hachette, 1958.

Guitry, Sacha, *La Jalousie*, Paris : La petite illustration, 1934.

Hugo, Victor, *Chansons des rues et des bois,* Paris : Gallimard, 1982.

Hugo, Victor, *La Légende des siècles*, Paris : Maison Quantin, 1990.

Hugo, Victor, *Océan Prose*, Paris : Edition Robert Laffont, 2002.

Houellebecq, Michel, *Extension du domaine de la lutte*, Paris : Éditions Maurice Nadeau, 1994.

Karr, Alphonse, *Une poignée de vérités*, Paris : Hachette livre, 2013.

La Bruyère, Jean, *Les Caractères*, Paris : Le livre de poche, 1976.

La Fontaine, Jean, *Les Fables de Jean de la Fontaine*, Nantes : Edition ZTL, 2019.

de La Rochefoucauld, François, *Réflexions ou Sentences et maximes morales*, Paris : Albin Michel, 2014.

de Lafayette, Madame, *La Pincesse de Clèves*, Paris : Le livre de poche, 1973.

de Laclos, Pierre Choderlos, *Les liaisons dangereuses*, Paris : Le livre de poche, 2001.

de Lamartine, Alphonse, *Le Lac*, Paris : Hachette, 2018.

Le Bon, Gustave, *Aphorisme du temps présent*, Paris : Flammarion, 1913.

Lepape, Pierre, *Une histoire des romans d'amour*, Paris : Seuil, 2011.

Lévy, Marc, *Toutes ces choses qu'on ne s'est pas dites*, Paris : Pocket, 2018.

Louÿs, Pierre, *La Femme et le pantin*, Paris : Gallimard, 2010.

Marivaux, *Le Télémaque Travesti*, Genève : Droz, 1956.

Maugham, William Somerset, *Servitude humaine*, Paris : Gallimard, 1999.

de Maupassant, Guy, *Nouvelles Fantastiques*, Paris : France Loisirs, 2001.

Minoun, Sylvain & Etienne, Rica, *Sexe et Sentiments après 40 ans*, Paris : Albin Michel, 2011.

Molière, *Dom Juan*, Paris : Le livre de poche, 1985.

Molière, *Le Misanthrope*, Paris : Gallimard, 2013.

Molière, *Tartuffe*, Paris : J'ai lu, 2004.

Montesquieu, *Lettres Persanes*, Paris : Gallimard, 2003.

Morand, Paul, *L'Europe Galante*, Paris : Le livre de poche, 2000.

Morin, Edgar, *Les sept savoirs nécessaires à l'éducation du futur*, Paris : Seuil, 2000.

de Musset, Alfred, *La nuit d'octobre*, Paris : Edition de la bibliothèque digitale, 2013.

de Musset, Alfred, *Les Caprices de Mariane*, Paris : Seuil, 1952.

Novalis, *Heinrich von Ofterdingen*, Paris : Éditions Aubier-Montaigne, 1992.

Pascal, Blaise, *Pensées*, Paris : Le livre de poche, 2000.

Pennac, Daniel, *Aux fruits de la passion*, Paris : Gallimard, 2000.

Perrault, Charles, *Griselidis-Nouvelle*, Paris : Hachette, 2013.

Perros, Georges, *Papiers collés*, Paris : Gallimard, 1994.

Prévert, Jacques, *Histoires*, Paris : Gallimard, 1972.

Quignard, Pascal, *Vie Secrète*, Paris : Gallimard, 1999.

Racine Jean, *Britannicus*, Paris : Librio, 2004.

Racine, Jean, *Andromaque*, Paris : Larousse, 2003.

Ramuz, C. F., *Chant de notre Rhône*, Genève : Georg éditeur, 1920.

Reboux, Paul, *Le Nouveau savoir-écrire*, Paris : Flammarion, 2001.

Renard, Jules, *Histoire Naturelle*, Paris : J'ai lu, 2004.

Renard, Jules, *Journal*, Paris : Edition Robert Laffont, 1990.

Ribert, Pierre, *Amour, désir, jalousie : 600 citations littéraires et amoureuses*, Suisse : Librio, 2003.

de Rougemont, Denis, *L'Amour et l'Occident*, Paris : Univers Poche, 1939.

Rostand, Edmond, *Cyrano de Bergerac*, Paris : Le livre de poche, 1994.

Sabatier, Robert, *Le livre de la déraison souriante*, Paris : Albin Michel, 1991.

Sade, *La Philosophie dans le boudoir*, Paris : Folio, 1976.

de Saint-Exupéry, Antoine, *Citadelle*, Paris : Gallimard, 2000.

de Saint-Exupéry, Antoine, *Le Petit Prince*, Paris : Gallimard, 1999.

Shakespeare, *Roméo et Juliette*, Paris : Le livre de poche, 2005.

Solé, Jacques, *L'Amour en Occident à l'époque moderne,* Paris : Ed. Complexe, 1976.

Sollers, Philippe, *Trésor d'amour*, Paris : Gallimard, 2011.

Soral, Alain, *Sociologie du dragueur*, Paris : Ed. Blanche, 2004.

Steinbeck, John, *Tortilla Flat*, Paris : Gallimard, 1972.

Stendhal, *De l'amour*, Paris : Gallimard, 1980.

Stendhal, *Le Rouge et le Noir*, Paris : Gallimard, 1967.

Thoreau, Henry David, *Journal : Sélection*, Marseille : Mot et le reste, 2001.

Touzalin, Jérôme, *Mentir y'a qu'ça d'vrai*, Paris : Cylibris, 2003.

Uzanne, Octave, *Le bric-à-brac de l'amour*, Paris : Albin Michel, 2014.

Valéry, Paul, *Monsieur Teste*, Pairs : Gallimard, 1978.

Viala, Alain, *La France galante : essai historique sur une catégorie culturelle, de ses origines jusqu'à la Révolution*, Paris : PUF, 2008.

de Vigny, Alfred, *Stello*, Paris : Flammarion, 1993.

de Vilmorin, Louise, *La lettre dans un taxi*, Paris : Gallimard, 1998.

Virgile, *Les Bucoliques*, Paris : Hachette, 1929.

Webster, John, *Le Démon blanc*, Paris : Éditions Aubier-Montaigne, 1950.

Wilde, Oscar, *Une Femme sans importance*, London : Penguin, 2001.

Yalom Marilyn, *How the French invented love,* New York : Harper & Perennial, 2012.

Yanne, Jean, *Je suis un être exquis*, Paris : J'ai lu, 2003.

Zola, Émile, *Nana*, Paris : Gallimard, 2017.

柳玉剛，**你必須聽的一百首法語歌**，上海：東華大學出版社，2014。

La langue française « 275 magnifiques citations d'amour en français »
https://www.lalanguefrancaise.com/general/citations-amour-francais/

Mon poème.fr « Les petits mots doux enflammés »
https://www.mon-poeme.fr/petits-mots-damour-doux/

Message d'amour « Petits mots d'amour »
https://message-damour.com/mots-damour/

國家圖書館出版品預行編目資料

偷偷教你的愛情法語 / 阮若缺編著
-- 初版 -- 臺北市：瑞蘭國際 , 2022.06
208 面；14.8 × 21 公分 -- （外語達人系列；23）
ISBN：978-986-5560-75-1（平裝）
1.CST：法語 2.CST：會話

804.588 111007877

外語達人系列 23

偷偷教你的愛情法語
Apprenons discrètement les mots d'amour en français

編著者｜阮若缺
責任編輯｜葉仲芸、王愿琦
校對｜阮若缺、沈韻庭、葉仲芸、王愿琦

封面設計、版型設計｜劉麗雪
內文排版｜陳如琪

瑞蘭國際出版
董事長｜張暖彗 · 社長兼總編輯｜王愿琦
編輯部
副總編輯｜葉仲芸 · 主編｜潘治婷
設計部主任｜陳如琪
業務部
經理｜楊米琪 · 主任｜林湲洵 · 組長｜張毓庭

出版社｜瑞蘭國際有限公司 · 地址｜台北市大安區安和路一段 104 號 7 樓之一
電話｜(02)2700-4625 · 傳真｜(02)2700-4622 · 訂購專線｜(02)2700-4625
劃撥帳號｜19914152 瑞蘭國際有限公司
瑞蘭國際網路書城｜www.genki-japan.com.tw

法律顧問｜海灣國際法律事務所　呂錦峯律師

總經銷｜聯合發行股份有限公司 · 電話｜(02)2917-8022、2917-8042
傳真｜(02)2915-6275、2915-7212 · 印刷｜科億印刷股份有限公司
出版日期｜2022 年 06 月初版 1 刷 · 定價｜450 元 · ISBN｜978-986-5560-75-1

本書採用環保大豆油墨印製